短編小説集

大人のためのメルヘン

短編小説集

大人のためのメルヘン

―目　次―

ぬかみそと星娘

三日間、灰色で不機嫌そうな低い空からしとしとと降り続いた雨がようやく収まり、道路の所々に残された水たまりに初夏の光を反射させながら、久々に朝からお天道さまがその存在感を示していた。〝地上のみんなよ、やはり私なしでは寂しいでしょう〟とにんまりしながらそう語りかけているようにも思われた。しかし梅雨明けはもう少し先とのことであった。

その日、峯田町の法妙寺境内に雄一の姿があった。白髪の彼は、つい先日七十九歳の誕生日を迎えたところだった。お気に入りのライトグレーのポロシャツを着て、片手に生花を携え、いま本堂の前を通り過ぎようとしていた。隅々までよく手入れされた境内は訪れた者をほっと安らいだ心持ちにさせてくれる。本堂の西側から墓地に向かう小道の両側には紫陽花が見頃となって、あたかも墓参者を招き入れるように行儀よく佇んでいる。雄一は納屋の隣に備えつけられた墓参者用の水汲み場へ歩み寄り、そして水道脇の棚に整然と横になって並んだ手桶に目をやった。雄一はその中からひとつ取り出そうとして手を伸ばしたが、やや高めの所にあった手桶を取ろうとしたため、持ちあげた瞬間その手桶の中にあった柄杓《ひしゃく》が自分に向かってずり落ちてきた。それを見た雄一は咄嗟に反対の手で柄杓を掴もうとしたのだが、衰えた彼の運動神経ではその動きが間に合わなかった。柄杓は雄一の腹のあたりでバウンドして地面に転がった。雄一は「あちゃ」と小声を発しながら落ちた柄杓をゆっくり拾い上げて手桶の中に戻し、水道の蛇口を捻って三分の一ほど水を入れた。右手にその手桶をつり下げ、左手には棚の端に置いた生花を持って妻の墓へと向かった。今日墓参に来たのは妻にある報告をするためだった。雄一の妻、正代は法妙寺内にある共同墓地に眠っている。子供のいない二人にとっては先に亡くなった正代を共同墓地に入れ、やがて雄一自身もそこに入るというのはほぼ必然の選択だった。

「正代、俺は来月から施設に入居することになった」

亡き妻に向かって雄一はそう話しかけた。正代は急な病で一年半前に亡くなったのだった。雄一にとって正代の方が先に逝ってしまうというのは全く想定外の出来事であった。正代が亡くなってからは、通夜、告別式、七七忌、さらに役所関係の手続きなどと、二カ月ほどは慌しい日が続き、先々の事を考える余裕などなかった。しかしそれを過ぎ徐々に時間的な余裕が生まれてくると、その時間の隙間を埋めるように妻を亡くした寂しさが雄一の体の内で加速度的に密度を増していった。それでも一人で一年半は頑張ってみた。頑張ったというよりは身辺整理にそれだけの時間がかかったといった方が正確かもしれない。とくに生活面で何かと妻に頼ることの多かった雄一にとって、これから先一人暮らしを続けることには大きな不安、そして限界があった。雄一は高齢者向けのケアハウスに入居する決心をしたのだった。

「それじゃ、また来るよ」

報告を済ませた雄一は、そう言って腰を上げながらのっそりと正代に背を向けた。梅雨の合間の好天を楽しむかのようにサルスベリの木の枝でシジュウカラがさえずっている。そちらを見上げると高いところから射し来る日差しが眩しかった。墓地には雄一以外、人の姿は見られなかった。あまりにのどかな風景に、なんだか雄一自身まで天国にいるような心持ちになりそうだった。

〝そうか、正代が入っているのは共同墓地だからな、案外俺と一緒にいたときよりもわいわい楽しくやっているかもしれんな……〟

雄一はそんなことを思い巡らせながらバスの停留所へと向かった。

法妙寺を出て右手に進み、二〇〇ｍほど行った先のやや広い通りに停留所がある。そのバス通りと交わるすぐ手前には十段ほど下る石段があった。雄一はその石段に差しかかったときバスの時間が気になっていた。石段の途中でいったん立ち止まって腕時計を見ると、バスの時間までにはまだ一〇分ほど余裕があった。雄一は「よし」と微かな声を発し、再び石段を下り始めた。あと三段ほどで歩道というときだった。街路樹で日陰になっていた石段の端の方がまだ湿っていて、雄一はそこで足を滑らせてしまった。降ろした片足が地に着いた瞬間、ずるっとすくわれるように前方へ空を切った。大きく体が左に傾き、一瞬自分の下半身が宙に浮いたように感じられた。そのまま横向きになりながらどんどん地面が顔に近づいてくる。手の届く範囲に雄一の体を支えるものはない。倒れざま雄一は片手を伸ばして受け身を取るような体勢を作ったが、傾く自身の重さに負けて手の平が地面に着くと同時に〝グキッ〟と鈍い音がして手首が曲がり、肘、肩を打ちながら歩道に倒れ込んだ。あっという間の出来事だった。

「ううーっ」と雄一は倒れたまままうめき声を発した。左の手首に激痛がはしっていた。起き上がろうと試みたが手首の痛さで伏せた状態から体を起こせない。〝こりゃあまずい〟と思ったそのとき、

「大丈夫ですか?」と誰かが雄一に声をかけてくれた。

痛みに耐えながら声の方向を見上げると、二十代と思われる若い女性が膝を曲げて中腰になりながら雄一の顔をうかがっていた。

「救急車、呼びましょうか？」心配そうに女性は言った。

「だ、だいじょうぶ、少し休めば……」

か細い声で雄一は応え、そしてなんとか体を起こして石段に座りこんだ。

「だいぶ顔も打ってますよ。紫色になって血が滲んでいる」

そう言われてみれば顔面の左側もずきずきと痛んでいた。

「少し休めば……」

雄一は同じ言葉を繰り返したが、内心自力では家に帰れないような気がしていた。

「救急車、呼びますよ」

そう言って女性はトートバッグから携帯電話を取り出し救急車を要請した。さらに彼女はその場を離れることなく雄一の隣に座って、

「もうすぐ救急車来るから、そのまま待っててくださいね」と声をかけながら付き添ってくれたのだった。

　程なく救急車が到着した。

「こっちです！」

女性は立ち上がり、手を振って救急隊に合図した。歩道の周辺にはサイレンの音を聞き

つけた野次馬が何人も集まっている。雄一は担架に乗せられて救急車に運び込まれた。なぜか女性も一緒に乗ることになってしまった。雄一に付き添っていた彼女を身内の者だと救急隊の人が勘違いして、「どうぞ」と救急車に乗るよう促したからである。彼女も雄一のことが心配だったからか、あるいは身内でないことを説明する時間を省いて一刻も早く病院へ行った方がいいと判断したためか、とにかく雄一と共に救急車に乗って病院へ行くことにしたのであった。

女性の名前は『さやか』といった。さやかは病院まで雄一と同行し、そして救急の待合所で彼の治療が済むのを待った。彼女は硬いソファーに腰掛けてバッグから読みかけの文庫本を取り出し、栞が挟んであるページを開いた。

しばらくして「付き添いの方、どうぞ」と声をかけられた。さやかは担当の医師から雄一の状態について説明を受けることになった。左の手首は亜脱臼していた、肘、肩、顔面は打撲による傷がある、骨折や脳内出血などの異状はみられない、とのことだった。

「四、五日は痛みがかなりありますので入院していただくことにしました。もう処置も終わり、３０２号室に入られていますので、そちらで面会ができます」医師は言った。

さやかはすっかり雄一の〝身内〟のひとりということになっていた。

さやかが雄一の入院室に行くと、そこは四人部屋で彼は窓側のベッドに寝そべっていた。上半身は四〇度ほどリクライニングされて起き上がっていた。左手の掌から肘の下あたりまで分厚くバンテージが巻かれ、顔面の左側には大きな絆創膏が貼られていた。

雄一はそろりと入院室に入って佇んでいるさやかに気が付くと、

「やあ、さっきは済まなかったねえ。助かったよ」と声をかけた。

「傷、痛むんじゃないですか？」

雄一のベッドに近づき、少し腰をかがめながらさやかが訊《たず》ねた。

「痛み止めの注射打ってもらったから、だいぶ楽になったよ」雄一は応えた。

「だれか家族の人とかは来てくれるんですか？」

「姪っ子と連絡ついたから、こっちに向かっていると思う」

「そう、良かった」

それを聞いたさやかは少し安心した表情を浮かべた。

「ほんとうに助かったよ」とにんまりしながら再び雄一は礼を言った。

「気にしないでください。そしたらあたし、仕事があるので行きますね」

さやかも微笑みながらそう言って部屋を出ようとしたが、

「ねえきみ、あとでお礼したいから連絡先教えてくれないかな」とベッドから離れていこうとしたさやかに雄一はそう問いかけた。

「いいんです、お礼なんて」さやかは応えた。

「そういう訳にいかんよ、すっかり世話かけちゃったから」と懇願の表情で雄一が言うと、

「そしたら、これ」とさやかは一枚の名刺をバッグの内ポケットから取り出し、雄一に渡した。そして「おだいじに」と言いながら一礼して部屋から出て行った。その後ろ姿を目で追いながら雄一は〝あんな若い子に助けられるとはな……〟と心の中で呟いていた。雄一から見たさやかは、決して美人というわけではないが、人なつっこい印象を与えてくれる馴染みやすそうな女性だった。

　渡された名刺を見ると、そこには『日暮里・ユアドリーム』という会社か店名らしきものと『さやか』という彼女の名前、そして電話番号が書かれていた。勤め先の住所などは記載されていなかった。雄一はその名刺を枕元に置いたが、その際無意識にそっと名刺の匂いを嗅いでいたことに雄一自身も気が付いてはいなかった。

半月後、朝のニュースが梅雨明けを報じていた。雄一は病院から自宅に戻り、あと僅かな日数となった一人暮らしと奮戦していた。ケアハウスに移るにあたり必要なさそうなものはかなり処分したので、家の中は大分こざっぱりした状態になっていた。雄一がケアハウスに入居した後は姪の苑子がアパートを引き払ってこの家に住むことになっていた。

　雄一はまず手始めに洗濯をすることにした。幾日分かたまった洗濯物を洗濯機に放り込み、洗剤を適当に入れ、洗濯開始のスイッチを押した。そして居間と寝室の床に二日ぶりの掃除機をかけた。雄一の左手首には肌色のサポーターが巻かれていて、まだ少し痛むが日常生活には支障ない程度に回復していた。腫れあがってマントヒヒのようになっていた顔面もほぼ人間に戻っていた。洗濯、掃除、食事の用意と、以前は妻の正代にしてもらっていたことを全て雄一自身でせざるを得なくなって、どれほど自分が正代に寄りかかって生きてきたのかということを、この一年半の生活で雄一は改めて思い知らされたのであった。

　〝家事〟が一段落した雄一はコーヒーを入れてひと休みすることにした。コーヒーはもちろんセルフサービスである。ドリップバッグを開けてお気に入りの笠間焼のカップにセットし、お湯を注ぐ。手元から立ちこめてくる芳しいモカ・ブレンドの香りが湯気と共に雄一の顔をなぞりながら上っていき、やがて部屋全体へと広がっていった。居間のソファーの定位置に座って入れたてのコーヒーをひとくち飲み〝ふーっ〟と息を吐きながら青い夏空を見上げた。今の雄一にとってこれが至福の時間だった。

「そうだ、彼女にお礼をしなくちゃ」

雄一はコーヒーを啜《すす》りながらさやかのことを想っていた。

「どんなものを用意したらいいのだろう」

若い女の子にお礼としてあげるものは何がいいのか、雄一にはさっぱり見当がつかなかった。しかも彼女がまた雄一に会ってくれるかどうかさえ分からないのだ。

　とりあえず電話をかけて言葉でお礼を言っておこうと思い、引き出しから名刺ファイルを取り出した。ぱらぱらとそのファイルを捲《めく》っていくと、さやかの名刺はいちばん後ろのページにあった。しばらくその名刺とにらめっこしていた雄一は、

「日暮里か……直接行ってみるか」と呟いた。退院してからずっと家にこもっていた雄一だったが、顔の傷も癒えたのでそろそろ外の空気が吸いたくなっていたのだ。行くと決めた雄一の行動は速かった。食器を片付けて服を着替え、バッグに財布が入っている

ことを確認して玄関を開けた。すると真夏の射るような日差しが雄一に向けて刺さってきた。雄一はいったん玄関のドアを閉め、帽子を取りに居間へ戻った。バッグにペットボトルの麦茶も入れ、そして駅へと向かった。

　最寄りの駅まで歩いて八分、そこから日暮里まで電車で二〇分ほどである。電車に乗っている間、雄一はずっとさやかのために何を用意したらいいか悩んでいた。悩みとはいってもそれは決して苦痛を伴うものではなく、むしろうきうきする様な楽しい悩みであった。〝年甲斐もなく、何だこの気分は……〟と座席に座りながら雄一はそんな自分自身をちょっぴり気恥ずかしく感じていた。

　雄一は日暮里駅で電車を降り、駅舎内や近くの店を三、四カ所見て周り、結局洋菓子店でさやかのためにクッキーの詰め合わせを買った。〝悩んだ割には平凡だったな〟雄一は店員からクッキーの紙袋を受け取りながらそう思った。かといって若い女性が身に着けるようなものは何がいいか想像できないし、今日さやかに会えるかどうかも分からないので、なるべく日持ちする食べ物を選んだのだった。

「よし、電話してみよう」

雄一は電話ボックスに入り、胸ポケットからさやかの名刺を取り出した。そして少し緊

張しながら名刺に記載された電話番号をプッシュした。呼び出し音が三回鳴ったとき、

「はい、ユアドリームです」と男性の声で応答があった。

「すみませんが、さやかさんお願いできますか」と雄一が言うと、

「御指名ですね、どちらのホテルですか？」と思わぬ言葉が返ってきたのだった。

〝ホテル？……そうか、ユアドリームは風俗店だったのか〟

ホテル名を尋ねられ、一瞬雄一はたじろいだが、ここは客のふりをするしかないと思い、

「まだ決まってないので、決まったらすぐまた電話します」と言っていったん電話を切った。雄一はどうしたらいいものか想いをめぐらせたが、結局さやかと会うためにはどこかのホテルにチェックインするしかないと答えを出した。とりあえず電車の窓から見える線路沿いのホテルに行ってみた。どこでもいいからチェックインして、さやかの店に電話をかけなければならないと考えた。おそるおそるそのホテルに足を踏み入れると、エントランスのすぐ正面にそれぞれの部屋の中が分かる写真と部屋番号を書いたパネルがあって、自分で好きな部屋を選べるようになっていた。雄一はとくにどの部屋でも構わなかったので、適当に四階の部屋を選んでフロントのおばさんから鍵を受け取った。そして何だかとても複雑な心持ちを抱きながらエレベーターに乗って四階へ上った。預

かった鍵を使いドアを開けて部屋に入り、雄一はきょろきょろと中を見回した。奥のほうに鎮座するダブルベッドが妙な存在感を示していた。そのベッドの枕元にある電話機を使って雄一はユアドリームに連絡を入れた。さやかは一五分ほどで雄一のいるホテルに行くことができるとのことだった。

　さやかを待つ間、雄一は落ち着かなかった。なんともいえない妙な感覚はホテルに入ったときからずっと続いている。雄一はソファーに座って持参した麦茶を二口、三口飲んで気持ちを静めようとした。テーブルを挟んだ向こう側には大きめのテレビがあった。雄一はテーブルに置いてあるリモコンを掴んでそのスイッチを入れた。いくつかチャンネルを切り替えたが平日のこの時間、面白そうな番組はひとつもなかった。ただ何も音がないのは寂しいので、そのままお笑いタレントがぶらぶら街散歩している番組を流しておいた。テレビの横にはカラオケ機が置かれていた。きっとこの部屋の防音設備はしっかりしているのだろうと想像できた。部屋の壁にはクリムトのシルクスクリーンが掛かっていた。妖艶なクリムトの絵は、確かにこの類いの部屋に相応しいように思われ、雄一はこの絵を掛けた人のセンスを褒めてあげたいような気になった。麦茶を飲みながら部屋のあちこちを見渡し、そんな取りとめもない想いを巡らせていると、やが

て、

〝ピンパンピンポーン〟と入口のチャイムが鳴った。

雄一はひとつ咳払いをしてから玄関へ行き、解錠してドアを開けた。そこにさやかが立っていた。目と目が合うとさやかは雄一であることに気が付き、人懐こそうな笑顔になった。

「こんにちは」と言いながらさやかは入ってきた。

「やあ、あのときは世話になったね。また会えてよかった」と雄一も目を細めながら話しかけた。

「ちょっとびっくりしちゃった。体、もう大丈夫なんですか？」

「おかげさんでこの通り。ほんとに助かったよ」

二人はソファーに横並びに腰掛けた。このような場所でのさやかとの再会に、雄一は何となく緊張気味だった。どんなことから話したらいいか少し考えて、

「さやかちゃん……て呼んでいいのかな？」と訊ねた。

「もちろん」とさやかは応えた。そして雄一が、

「俺は雄一って名前なんだ」と自己紹介すると、

「じゃ、雄さんって呼んでいい？」とさやかが訊《き》いてきた。

「もちろん」と雄一が応えると、さやかは〝にこっ〟と笑った。それにつられて雄一も笑った。二人の間の空気が一気にほぐれていった。

　雄一はソファーの端に置いてあったクッキーの包みを膝に乗せ、

「これ、この間助けてもらったお礼だよ」と言って差し出した。

さやかは「ありがとう」と素直に受け取って、

「お礼頂いた上によけいなお金使わせてしまってごめんなさい」と謝ってきた。

〝そうか、さやかちゃんは風俗店で働いているんだ〟と雄一は今自分がここにいる必然性をさやかの言葉で再認識させられたのであった。

「いいんだよ、本当にさやかちゃんのおかげで助かったんだから」と少し済まなさそうな顔をしているさやかに雄一は言った。すると、

「せっかくだから雄さん、一緒にお風呂入る？」とさやかから思いもよらない言葉が発せられたのだった。確かに雄一にとっては思いもよらない言葉だったが、風俗店で働いているさやかとしてはごく自然の誘いだったのかもしれない。雄一は戸惑いながら、

「いやあ……孫みたいな年のさやかちゃんと風呂に入るのはなあ……」とやんわり断っ

た。するとさやかは、

「そうか、そしたらカラオケしない？　九〇分時間あるから」とカラオケを誘ってきた。

「よし、やろう、カラオケは好きだよ」と雄一が応えると、早速さやかはマイクの準備をしながら、

「雄さんのお孫さんて、あたしと同じくらいなの？　あたしは二十三」と訊いてきた。

「俺には子供も孫もいないんだ。もし孫がいたらさやかちゃんと同じくらいの年なんじゃないかなって思ったんだ」

「そうか……」

あまり訊いてほしくないことを訊いてしまったかもしれないと思ったさやかは、

「そうだ、ピザとらない？　あたしおごるから……」と話題を変えた。

「いいのかい？　おごってもらっちゃって」

「うん、ホテル代とか、雄さんにはお金使わせちゃったから」

そう言ってからさやかは部屋の内線を使ってミックスピザを注文した。そしてカラオケのマイクを掴んで、

「準備ＯＫだよ。雄さんからどうぞ」とマイクを雄一に渡した。

「それじゃ、先に行かせてもらうよ」

そう言って雄一が選んだ曲は、西郷輝彦の『星娘』だった。

〝星のようなあの子　輝くひとみが　暗い淋しい僕の　夜を照らしてくれる……そうさあの子は　近くて遠い　夜空の国の　星娘イェイイェイ〟

雄一はソファーに座ったまま唄い出したが、途中から立ち上がり、肩を揺らしながら悦に入っていった。さやかはソファーに腰掛けて軽く手拍子を打ちながら首を左右に傾け、目を細めて聴いていた。


「ロマンチックで素敵な歌ね」

唄い終わって満足そうな雄一にさやかはそう声をかけた。

「西郷輝彦は憧れの存在だったなあ。男前だし、歌もうまいし」雄一が応えると、

「この歌、一緒に唄いたい」とさやかは星娘を雄一と共にデュエットすることを望んだ。

「いいね」と雄一は応え、ラブホテルでの七十九歳の男と二十三歳の娘による奇妙なカラオケ大会が繰り広げられることになった。二人は並んで星娘を熱唱した。

「さやかちゃん、いい声だねえ」

「雄さんもかっこ良かったよ」

二人はお互いの唄を褒め合った。

ちょうど星娘を唄い終わったとき、ミックスピザが届いた。

「次はさやかちゃんの好きな歌、どうぞ」

二人はピザを食べていたが、ほぼ平らげたところで雄一がさやかに促した。さやかは、

「そしたら、ボニー・ピンクの『冷たい雨』いきます」と言ってカラオケ機に歌番号を入力した。短いイントロから歌が始まった。

〝打たれて　ぶたれて　冷たい雨に　けれどこの血は　まだ熱いんだ……真っ直ぐに伸びたナツツバキ　迷わず上に向かってく……打たれて　ぶたれて　人に社会に　けれどこの血はへこたれなくて……ただ生きたくて　まだ生きたくて〟

雄一はじっとさやかの唄に聴き入っていた。雄一にとって初めて聴く歌だった。「冷たい雨か……」とてもいい歌だと思った。いい歌だとは思ったが、何となくさやかのイメージとは合わないような気もしていた。唄い終わってマイクを置いたさやかに、

「良かったよ、冷たい雨。だけどずいぶん大人っぽい歌を唄うんだね」と雄一が言うと、

「この歌、自分の応援歌なの」とさやかは応えた。

「そうか、ある意味激しい応援歌だねえ」という雄一の言葉に、

「実はあたし……」

そう言ってさやかはソファーに腰掛けた。

何か言いたそうな表情をしていたが、何も言わず、空になったピザの入れものの蓋をそっと閉めた。やや沈黙の時間が流れたが雄一はさやかが再び喋り出すのを待った。すると、さやかはペットボトルに四分の一ほど残っていたミルクティを飲み干してから、

「あたし、自己破産するかもしれないの」とややうつむきながらそんなことを言い出した。

「自己破産？」

さやかの口から出た言葉に雄一はすぐにはその意味を飲み込めず、訊き返してしまった。

「そう、自己破産……あたし、結婚詐欺に引っ掛かっちゃったの」と衝撃的な告白をしたのだった。

「結婚詐欺だって？」

雄一は思わず目を見開いてさやかを見つめた。

「そう、結婚詐欺……交際してた相手と共同経営で輸入雑貨のお店開くことになったの。

そしてお店が軌道に乗ったら結婚する約束をしたの。で、その資金としてお金借りて、それを相手に渡した途端音信不通になっちゃったの」

「いくら借りたの？」

「二百万円。預金も降ろしたから残金はほとんどなくなっちゃったの」

「ひどいやつがいるなあ……。探し出して、とっ捕まえて、お金取り戻したいよね」

「お金のことはもういいの、自分も悪かったんだから。だけどおばあちゃんに申し訳なくて、謝りたいの」

「おばあちゃんに謝りたい？」

「そう、おばあちゃんはしばらく入院していたんだけど、三カ月前に亡くなったの。うちは父子家庭だったから、いろんなことでおばあちゃんが相談相手になってくれていたの。入院してからもときどき面会に行って……。結婚のこともちろん話したんだけど、だんだん相手がお金のことばかり言うようになってきたので怪しいんじゃないかって忠告されたの。だけどあたしはもう周りのこと見えなくなっていたから〝そんなことない！〟て反発しておばあちゃんの言うこと聞かなかったの。結婚詐欺って分かったのはおばあちゃんが亡くなった後だった……」

さやかは自分の身の上を淡々と打ち明けたのだった。

「そうか……そんなことがあったのか」

じっと聞いていた雄一はそう言って、さらに何か言ってあげたかったが、そのあとの言葉が出てこなかった。下手な慰めなど何の役にも立たないだろうと思った。

「だけど、自己破産って大変なんだろう？」

「いろいろ手続きは大変だけど、認められれば借りたお金返さなくて済むようになるから……」

「不都合なこともあるんじゃない？」

「広報に破産者として名前が載ったり、就職しづらかったり、五年くらいお金を借りることができなくなるらしいけど……」

「なんか『自己破産』っていう言葉もやだね」

「でもすっきり今までのこと清算して、ゼロから出直そうかなって考えてるの」

「その若さで清算なんて」

「だけど、おばあちゃんにだけは謝っておきたかった……」

「そうか、本当におばあちゃん好きだったんだね。もう会うことはできなくても、さやかちゃんがこれからしっかり生きていけば何処かで見てて喜んでくれるんじゃないかな」

「そうだね、ちゃんと生きていけばおばあちゃんも許してくれるよね」

「ああ、きっとそうだよ……よし、一緒にさっきの〝応援歌〟唄おう」

「うん、唄おう」

二人はソファーから立ち上がり、『冷たい雨』を思い切り唄った。

〝打たれて　ぶたれて　冷たい雨に　けれどこの血は　まだ熱いんだ……〟

唄い終わったとき、二人はどちらからともなくグータッチを交わしたのであった。

「楽しかったよ、さやかちゃん」

「あたしも、雄さん」

　二人が部屋を出ようとしたとき、さやかは自分のメモ帳を一枚破り、数字を走り書きして雄一に渡した。

「これ、あたしの携帯電話の番号。本当はこの携帯、お店から借りてるものなので私用はだめなんだけど、内緒でね。またいつか会いたいから」

「ありがと。また会いたいね」

二人はエレベーターで一階に下り、エントランスを出て別々の方向へと歩きはじめた。少し歩いて雄一が振り向くと、さやかも振り返り、肩のあたりで片手を振ってくれた。雄一も小さく片手を挙げてさよならの挨拶を送った。さやかの斜め後方を京浜東北線の青い電車が走り抜けていく。頭上からの強い日差しにその車体がゆらゆらと揺らめいて、まるで宙に浮きながら走っているような錯覚を雄一は抱いた。

〝チーン〟と食事が温たまったことを電子レンジが雄一に教えてくれていた。雄一は半年ほど前から夕食のおかずを惣菜業者に宅配してもらっている。ご飯は自分でなんとか炊くことができるが味噌汁はインスタントで済ますことが多かった。雄一は温たまったおかずをレンジから取り出し、居間へと運んだ。ひとりだけの食事は侘しいので、夕食は居間でテレビを見ながらというのが習慣になっていた。雄一が居間で食事するのにはもうひとつ理由があった。その部屋には卓上の小さな仏壇があり、そこには額に入った正代の写真もあって、正代はそこからいつも雄一に向かって微笑みかけてくれているので、何となく一緒に食べているような心持ちになれたからである。宅配のおかずはもちろん正代の手料理に比ぶべくもないが、ここで彼女の視線を受けながらいただくと幾分か美味しく感じられるのであった。

「この家での食事もあと僅かだな……」雄一はそんな想いを抱きながら食後の番茶を入れた。夜に飲むのはノンカフェインのものと決めていた。もっとも番茶がノンカフェインであるという確信が雄一にあった訳ではないが〝たぶんそうだろう〟という思いから夕食後には番茶を飲むことにしていたのである。雄一はお茶の入った湯呑を口元に運んだが、お湯が熱かったのでひとくちだけ飲んでその湯呑をテーブルに置いた。置いた湯呑の横には今日買ったばかりの携帯電話があった。「ケアハウスに入居したら携帯電話がなくては不便だよ」と姪の苑子がアドバイスしてくれたので、一緒にショップまで付きあってもらい購入したのであった。早く誰かと話をしたかったが、使い方の練習を兼ねて苑子と話しただけで、まだ他の人にはこの電話の番号を伝えていなかった。したがって今のところ苑子以外の人からこの携帯電話にかかって来るはずはなかった。

「よし、明日これを使って知り合いにかけてやろう」と思いながら雄一は少しさめて飲みごろになった番茶を啜った。そしてテレビに目をやると、この時期恒例の風物番組が流れていた。

それは霊的なものを取り上げた怪談じみた番組である。毎年夏になるとなぜかこの類いのテレビ番組が多くなるが、にわかに信じがたいと思いながらも雄一はついそれを観てしまうのだった。何故だろう……人間はこのような神秘的なものに惹かれる生き物なのかもしれない、などと雄一は自己分析しながらその番組を観ていたのであった。すると視聴者からの不思議な体験コーナーが終わり、ＣＭを挟んで次の話が始まっていた。それを観ていた雄一は、徐々に身を乗り出してその映像に惹かれていった。

「そうか……これがあったか」

そう呟くやいなや、雄一はテーブルの上の携帯電話を手にして、メモ帳に書いてもらったさやかの電話番号をプッシュしていた。さやかは仕事中なのか、なかなか電話に出なかった。呼び出し音が鳴っている間天井を見上げると、どこから入ってきたのか緑色のカナブンが電燈の周りをぐるぐると旋回しながら飛びまわっていた。十回ほど呼び出し音が鳴ってからようやくさやかは電話に出てくれた。

　それから五日後の午後十時、雄一とさやかの姿は上野発青森行きの夜行列車の中にあった。二人は下段の寝台に向かい合って座っていた。

「雄さん、いきなり青森に行こうなんて言い出すからびっくりしたよ」さやかが言った。

すると、

「実はね、青森に行くとさやかちゃん、おばあちゃんに会えるかもしれないんだよ」と信じられないようなことを雄一は言ったのである。

「え、どうしておばあちゃんに会えるの？」

さやかは怪訝そうな表情で雄一に訊き返した。

「青森に恐山っていうところがあって、そこには死者の霊を呼び寄せることのできる人がいるんだ。だからその人に頼めばさやかちゃん、おばあちゃんと話をすることができるんだよ」雄一はそう答えた。

「ほんと？」

さやかはそれを信じ切れない顔つきでまた雄一に訊いた。

「たぶん」と雄一も絶対の自信は持っていない顔で応えた。

「でも列車代とか、また雄さんにお金使わせることになっちゃう」

「いいんだ、怪我も治ってどこか旅行にでも行きたいと思ってたところだったし、これから老人ホームに入ったらそんなに遠出できなくなるからね」

「雄さん、老人ホームに入るの？」

「ああ、かみさんが亡くなった後一人暮らししてたんだけど、男の一人暮らしってのはなかなか厳しいからなあ……もうすぐ引っ越しなんだ」

「そうだったんだ」

「だから思い出づくりのつもりでさ、さやかちゃんと一緒に青森へ行こうって考えたんだ」

「思い出づくり……いいね。それに夜行列車ってあたし初めてだから、わくわくしちゃう」

「そうだね、なんとなく情緒あるよね……だけどこの列車ももうすぐ廃止になっちゃうらしいよ」

「ほんと？」

「ああ、時代と共にだんだんこういうレトロなものが消えていくのは仕方ないのかな、寂しいけど」

「そうか……そしたらあたしが夜行列車に乗るの、きっとこれが最初で最後ね」

「思い出づくりには最高の乗り物だね。もう誰も乗ることができなくなっちゃうんだから」

「思い出か……いろんなところへ出かけて、いい思い出をたくさん作りたいな」

「さやかちゃんはまだ若いんだから、これからいろんな場所へ行って、そしていろんな事ができるさ」

「それにはお金貯めなくっちゃ」

「そうだね、お金貯めて、いろんなとこ行って、いろんな事して」

「そしてあたし、叶えたい夢があるの」

「どんな夢？」

「いつか小さな喫茶店開きたいの」

「喫茶店か、いいね。いつか必ず叶うよ」

「だといいな」

「さやかちゃんは客商売に向いていそうだから、ファンがいっぱいできるよ、きっと」

「ほんと？　うれしいな」さやかはややはにかんだ笑顔をみせた。

「応援してるよ」雄一もにっこり微笑んだ。

　そのとき、車内放送で「この時間から室内の電灯の明るさを落とします、翌朝七時まで停車駅の案内は行ないません」という車掌の声が流れた。それを聞いて雄一は、

「さてそろそろ消灯時間だな。寝るとするかね、いい夢見ながら」と言って靴紐を緩め

はじめた。さやかも、

「うん、いい夢見ましょ。おやすみなさい」と言ってスニーカーを脱いだ。

二人はそれぞれの寝台にごろりと横になり、カーテンを閉めた。そしてガタンゴトンというレールの音を子守唄がわりにして眠りに就いたのだった。

夜中、さやかは喉の渇きを覚えて目を覚ました。冷房が効いてはいるようだが、やや蒸し暑かった。さやかは寝台のカーテンを開け、水筒に入れて持参してきたお茶を飲んでからデッキに行ってみた。デッキのガラス窓の向うには月の光に照らされた東北地方の風景がぼんやりと、そしてゆっくりと左から右へ流れていた。〝東北はまだ大変なんだろうな……〟さやかは昨年三月の東日本大震災のことを想っていた。そして同時にあの頃の自分と今の自分との大きな違いを想い、〝ふうーっ〟とため息をついた。しかし、だからといって決して自分自身を悲劇のヒロインにしたくはなかった。

〝震災に遭った人たちに比べたら、結婚詐欺に引っ掛かって無一文になったことなんて大したことじゃないのかもしれない〟とさやかは心の中でそう自身に言い聞かせようとしていた。こんなことに負けず自分をポジティブな方向へもっていかなければいけないと考えながら、さやかは星のまたたく東北の夜空をじっと見つめていた。

そして「おばあちゃん……」と小さく呟いた。

　二人は列車を乗り継いで本州最北の駅である下北駅にたどり着いた。ここからバスに乗れば恐山まで四〇分ほどだ。数少ない列車の時間に合わせてバスも運行してくれているようで、駅に到着してほどなく恐山行の路線バスが発車した。二人はバスのまん中あたりの座席に並んで腰掛け、本州最果ての霊場を目指した。

「さやかちゃん、もうすぐだよ」窓外の景色を眺めながら雄一が言った。

「ほんとに来ちゃったんだね」感慨深げにさやかが応えた。

「雄さん、ここ来たことあるの？」さやかが訊くと、

「学生時代に一度来たことあるけど、それ以来だから何十年ぶりだね」雄一は応えた。

「そのとき雄さんは誰か亡くなった人を呼んでもらった？」

「いやあ、あの頃はそういうのあまり信じていなかったから」

雄一はそう言いながら、今も本当のところ信じていいのかどうか彼自身には分かっていなかった。

　バスが恐山に近づくにつれ、周りの空気が徐々に変わってきたことを二人は感じてい

た。そして間もなく前方に恐山の山並とその入山口の門が見えてきた。『恐山停留所』ここがバスの終点である。雄一に続いてさやかはバスのステップを降りた。目の前に広がる殺伐とした恐山の風景は、今までさやかが観たどこのそれとも違っていて、バスの終点どころかまるでこの世の終点のようにも感じられた。

〝ここでおばあちゃんに会えるのか……〟恐山を目の前にしてさやかの顔は期待と緊張と不安を混ぜ合わせた表情になっていた。

　二人並んで入山口の門をくぐると、奥に和風の建物が見えた。

「あれはお寺で宿坊にもなっているんだ」雄一が説明してくれた。そして、

「向こうにテントが幾つか立っているのが見えるでしょ。あそこにイタコさんがいるんだ」と言った。

「イタコさん？」

さやかはイタコの意味が分からず雄一に訊き返した。

「死者の霊を降ろしてくれる霊媒師のことを、ここではイタコさんって呼ぶんだ」

「そうなんだ……あそこで亡くなった人と会えるのか……」

そう思うとさやかは身震いしそうになり、深呼吸しながら肩を二、三回上下させた。

二人はイタコのいるテント場に近づいていった。そこには何メートルかの間隔を空けて四つの自家製テントが立っていて、そのうち三つのテントには先客がいるようで入口が閉じていた。二人は入口が開いている右端のテントへ行き、まず雄一が中を覗いた。すると奥に白い装束を纏った中年のイタコが座っていて、「中さ入れ」と雄一を招き入れようとした。雄一は「あ、いや、お願いしたいのはこの子なんです」と言って少し離れたところに立っていたさやかを呼び寄せ、イタコに紹介した。

「こんにちは、おばあちゃんに会いたくて来ました」

おそるおそるテントの入口をくぐってさやかは言った。イタコは「こちさ寄れ」と言ってさやかを近くに呼び寄せた。雄一は「それじゃ、向こうで待ってるよ」とさやかに言ってテントから離れた。イタコがどんなふうに死者の霊を呼び寄せるのか見てみたいという興味が雄一にはあったが、さすがにさやかの傍でそうすることは憚《はばか》られた。雄一はさやかのことを気にしつつしばらく場内を散策し、そして日陰のベンチに腰を降ろして持参したお茶を飲み始めた。

〝人生というのは不思議だな、あの日正代の墓参りに行かなければ怪我をしないで済んだ。でも怪我をしたおかげでさやかちゃんと知り合うことができたし、こうして青森に来ることもできた。自分の身に起こることっていうのは、何が良いことで何が悪いことなのかよく分からんもんだ〟

お茶を飲みながら雄一はそんな想いに耽っていた。すると、

「雄さーん」とベンチに座っている雄一を見つけてさやかが駆け寄ってきた。その頬は紅潮し、気持ちがかなり高ぶっていることが雄一の目にも明らかだった。

「雄さん、会えたよ、おばあちゃんに！」

さやかは弾んだ声でそう言って雄一の隣に腰掛けた。

「そうか、良かったね」と雄一が言うと、

「イタコさんってすごいよ、本当におばあちゃんが降りてきたんだよ。やっぱりあたしのこと心配してくれていたよ、おばあちゃん。おばあちゃんの言うこと聞かなくてごめんなさいって言ったら、謝る必要なんかないんだよって言ってくれた。そして今の友だちを大切にしなさい。そうすればきっといいことがあるよって。今の友だちって、きっとあたし雄さんのことだと思う」

さやかは興奮気味に喋った。

「そうか、よかった。はるばる来た甲斐があったね」と雄一が返すと、

「雄さん、雄さんも誰か会いたい人いるんじゃない……奥さんとか」とさやかが言い出した。

「いやあ、俺がかみさんに会ったら、謝らなきゃいけないことだらけだからなあ……」

「でも、会いたくない？」

「そうだなあ、もう一回ぐらい会えるなら会っておいてもいいかな」

「だったら行こうよ」

そう言ってさやかは雄一の手を引いてイタコのいる方へ歩き始めた。

　雄一は先ほどのイタコの所へ行き、テントの中を覗きながら、

「やっぱり私もお願いします」と言うと、

「こちさ寄れ」とイタコは雄一を呼び寄せた。正座して背筋を伸ばしたそのイタコは、歳は五十位と見受けられ、その手には大玉の数珠が握られていた。

　イタコは雄一に会いたい人の名前、雄一との関係、亡くなった年月日を訊いてきた。雄一がそれらに答えると、彼女は両手で数珠をすり合わせながら念仏のようなものを唱え始めた。雄一も正座して両手を膝の上に置き、息を殺してじっとイタコの様子を覗っていた。イタコはしばらくの間念仏らしきものを唱えていたが、突然声色が変わって「あ

んた」と言った。

〝正代が降りて来たに違いない〟と雄一は思った。

「あんた、元気かい？　ちゃんとご飯食べてるかい？」と正代の言葉らしきものをイタコが喋り始めた。

「ああ、大丈夫だよ。もうすぐ老人ホームに入るよ」と雄一が応えると、

「そうかい、それは安心だ」と言ってくれた。雄一も何か訊いてみたいと思ったが、何を訊いたらいいのかなかなか思い浮かばなかった。「あの世で元気にやっているかい？」などと訊くのもおかしいし、「風邪引くなよ」なんて心配する必要もなさそうだし……などと考えているうちに、「生前には世話になったな、ありがとう」と誰の言葉なのかよく分からないようなことを〝正代〟に向かって言っていた。

　あちらの人とこちらの人との間で共通の話題を見つけるのはなかなか難しかった。そうこうしているうちに、〝面会時間〟の終了が迫ってきたようだった。

「そろそろ戻らなくちゃ。あんた、あっちで待っとるけど、すぐ来なくていいからね」

そう言って〝正代〟が向こうの世界へ戻ろうとしかけたとき、

「そうだ、忘れてた……あんた、〝ぬかみそ〟だよ……それじゃ、行くよ……」

〝正代〟は最後にそう言って帰っていったのであった。

「お疲れさん」

イタコは合掌し、そして一礼しながら雄一に言った。話し方や声色はもとのイタコに戻っていた。雄一はずっと前傾して固まりながら話を聴いていたが、ふうっと息を吐いて肩の力を抜き、自身の体を起こした。

〝正代〟との面会を終えてテントから出ると、向こうのベンチに腰掛けてさやかが待っていた。

「ねえ、どうだった？　奥さんに会えた？」

「うん、会えたよ」

「すごいね、イタコさんって」

「うん、たしかに」

そう言った雄一だったが、さっき話をした〝正代〟が本当にイタコに呼び寄せられた妻だったのかどうか、一〇〇パーセントの確信は持てなかった。

「ねえ雄さん、あそこの売店で〝名物・霊場アイス〟っての売っているよ。一緒に食べない？」

「え、霊場アイスだって？　おもしろいね、食べよう」

「あたし買ってくる」

そう言ってさやかは立ち上がった。弾むように小走りで売店に向かうさやかの後ろ姿を見ながら雄一は〝ほんとにここに来て良かった〟という想いを抱いたのだった。まさか自分も正代と会うことになろうとは想像していなかったが、これもまたいい経験になったような気がした。「奥さんに会おうよ」と言ってくれたさやかに感謝しなければいけないと雄一は思った。それにしても〝正代〟が最後に言った『ぬかみそ』という言葉が妙に雄一の心に残っていた。「漬物をたくさん食べろ」ということなんだろうか……。雄一にはあの言葉の意味が分からなかった。

　さやかがアイスを両手に持って戻って来るのが見える。さやかの頭上に広がる下北半島の夏空は、どこまでも抜けるように青かった。


　自宅に戻った雄一は、引越しの準備に取りかかっていた。三日後に運送業者が来ることになっているのだ。引っ越しとはいえ、雄一が入居するケアハウスの部屋はワンルームマンションのような造りで広さも八畳くらいだから、それほど多くのものを運び込むことはできない。まず必需品として布団、衣類、テレビ、小さめのテーブルと椅子、愛読書やアルバム、仏壇……そんなところだった。食事は三食付いているから食器はほとんど必要ない。冷蔵庫と洗濯機は小型のものを新しく購入することにした。今の家にあるもので姪の苑子が使いたいと言ったものはそのまま残していくことにした。しかし家の中のかなりの物は処分しなければならなかった。物をひとつひとつ片付けていくたび、その物にまつわる正代との思い出が雄一の脳裏に蘇ってくるのだった。雄一はキッチンの整理にとりかかっていた。ケアハウスに持って行くものをテーブルの上に並べ始めた。正代とペアの湯呑み……「これは山陰地方に旅行に行ったときに買った萩焼のものだ。二十年使った」一木造りのお菓子入れ……「これは信州・上田城近くの木工店で一目ぼれして買ったものだ。渋い味がある」抹茶茶碗……「これは正代が陶芸教室で作ってきたものだ。少し歪んでいる」

懐かしい想いに浸りながら雄一はひとつひとつ並べていった。物の数だけ思い出があった。

　そして雄一がコーヒースプーンを食器棚からテーブルに移そうとした時、うっかり落としてしまった。床に落ちたスプーンがころころと流しの方へ転がった。それを拾おうとして雄一が屈み込んだとき、あるものが目に入った。キッチンの床に四、五十センチ四方の切れ込みがあって蓋のようになっている所だ。いわゆる床下収納と呼ばれている場所なのだが、落ちたスプーンがちょうどその蓋のまん中に横たわっていた。雄一はめったにそこを開けたことはなかった。

「この中も片付けておかないといかんのかな」と呟きながら収納板を持ち上げてみた。するとそこには埃をかぶった茶色い瓶《かめ》が二つ並んで収められていた。

「そうだ、正代はここからぬか漬けを取り出していたな」と妻が元気だった頃のキッチンでの映像が浮かんできた。「瓶の中はどんな風になっているのだろう」と思ったが、一年半ぶりに開ける瓶の中身を見るのは少し恐ろしい気もした。雄一はまず片方の瓶の蓋をそろーりと開けた。そこにあったのは、一年半放っておかれたぬかみその無残な姿だった。なんとも言えない臭気をともなったカビの養殖場という表現がぴったりの状態だった。雄一は思わず息を止めてその瓶の蓋を閉めた。そしてもうひとつの瓶に目をやった。こちらも同じようなカビワールドだったとしたら、その蓋を開けるのは遠慮したかったが、「一応見ておくか……」と言って、片手ですぐ鼻をつまめるよう準備しながらおそるおそる開けた。しかしこちらの瓶はまったく様子が違っていた。その中にはくしゃくしゃに丸められた新聞紙がたくさん詰まっていたのだった。

「いったいこれは……」雄一はどうしたものか迷った。そのまま蓋を閉じてしまおうかとも思ったが、瓶に新聞紙が詰まっているという不自然さが気になった。そこで両手で瓶を持ち上げてキッチンの床に置き、そっとその瓶を倒してから新聞紙を掻き出した。がさがさと丸められた新聞紙がまるで生き物のように次々と出てきた。半分以上の新聞紙が出て瓶の底の方が見えてきたとき、それまでと違うすべすべした感触のものが雄一の手に触れた。〝何だろう〟と思ってさらに新聞紙を掻き出すと、瓶の底からビニールに包まれた白い封筒が出てきたのだった。その封筒はけっこうな厚みと重さがあった。封筒の表には正代の字で『何かあったら使って下さい』と書いてあった。雄一が封筒を開けると、中から出てきたのはなんと一万円札の束だった。それは正代が着付け教室などをしながらこつこつと貯めた〝へそくり〟だったのである。

「これはびっくりだな。正代が言ってた〝ぬかみそ〟とはこのことだったのか」

そう言いながら雄一がその一万円札を数えると、ちょうど二百枚あったのだった。思いもよらない正代の〝置き土産〟だった。

雄一は札束を封筒に戻し、これはどうしたものかと考えた。とりあえずその封筒を仏

壇に供え、正代の写真に向かって、

「正代、ありがとうよ。これは大事に使わせてもらうよ」と言って手を合わせた。そしてそのとき雄一は確信したのだった。さやかと一緒に行った恐山で、雄一の前に現れ会話をしたあの〝正代〟が正真正銘の正代であったことを。

上野公園、不忍池。だいぶ日は傾いてきたがまだ蒸し暑い。雄一とさやかは不忍池の中島にある弁天堂にお参りをしていた。

「あたしここ初めて。蓮がいっぱいなのね」さやかが言った。

「そうだね、不忍池の蓮は江戸時代から有名だったらしいよ」雄一が応えた。

「そうなんだ。大きな葉っぱ。上に乗っても大丈夫そう」などと言いながらさやかはしばしその風景に見入っていた。池の水面下には鯉に似た魚の姿も見られ、また池の上空にはこの辺りを棲み家にしているらしい鳥たちが飛び交っていた。蓮池の鑑賞に満足したさやかはおみくじ売場の方へ目を移し、何かを見つけて歩み寄って行った。そして、

「このおみくじ可愛い」と言ってさやかはひとつ買い求めた。それは小さな弁財天の人形がおみくじを背負っているもので、その人形の顔は幼い少女のようだった。

「見て、これ」

さやかは〝いいもの見つけた〟という表情でそのおみくじ人形を雄一に手渡した。

「こりゃいいね。弁財天はお金の神様でもあるから、これ持ってたらきっといいことあるよ、さやかちゃん」

人形を見つめながら雄一は言った。

「ほんと？　嬉しい」

さやかはそう言って今度はおみくじを開き始めた。しばしその中身を確かめてから、

「ねえ雄さん〝末吉〟だって。末吉って縁起いいの？」

さやかはおみくじが大吉でなかったことに少し不満そうな表情を浮かべながら雄一に訊ねた。

「末が吉だからいいんじゃない。きっとこれからいいことが沢山あるってことだよ」と

雄一が咄嗟にそうフォローすると、

「そうか、そうだよね、一生大吉の人なんているはずないもんね。末吉の方がいいかも」

とさやかも納得してにっこり微笑んだ。

二人は弁天堂から湯島の方向へと歩き出した。池の中を突っ切る一本道である。途中

桜の木立ちで日陰になっているベンチがあったので腰掛けてひと休みすることにした。蓮池の向う側の野外ステージからはサクソフォンの奏でるジャズっぽい音楽が流れてくる。都会のオアシスのようなこの場所にサクソフォンの音がよく似合っていた。

「雄さんはいつも突然誘ってくるんだね」

雄一の方を向いて目を細めながらさやかが言った。

「根がせっかちなもんでね。歳とると余計せっかちになってしまう」

雄一はそう応えながら鼻の横を掻いた。

「でも雄さんの顔見るとほっとする」

さやかもそう言いながら自分の髪を撫でた。

「俺もさやかちゃんと会っていると気持ちが若返るよ」

雄一はそう言いながら膝の上のバッグから何か白いものを取り出した。

「実はさ、引越しの準備で家の中片付けていたら、こんなものが出てきたんだ」

「なに？」

「かみさんのへそくりだよ。台所の床下にあったぬか漬けの瓶から出てきたんだ」

そう言って雄一はあのぶ厚い封筒をさやかに見せた。

「ええ？　ぬか漬けの瓶の中から？　すごい」

さやかは目を丸くして雄一を見つめた。

「今日さやかちゃんに会いたかったのは、このへそくりのことで話がしたかったんだ」

「え、どういうこと？」

「これをさやかちゃん、借金返済に使ってくれない」

「ええ？　どうしてこれをあたしが？」

「やっぱりさやかちゃん、その若さで自己破産なんてしない方がいいと思うんだ」

「だからって、雄さんの奥さんのお金をあたしが使うことなんてできっこないよ」

「かみさんはもう死んじゃった訳だし、俺にとってはもともとは無かったものだから。それにほら『何かあったら使って下さい』って書いてあるでしょ、今がいちばん使うべき時だと思うんだ」

「だけどこんな大金もらう訳にいかないし、借りたとしても返すことなんて出来そうにない」

そんなさやかの言葉を聞きながら、雄一はしばらく黙って蓮池の向こう岸を見つめていた。次の言葉をどうしようか考えている様子だった。そして、

「さやかちゃん、俺の孫になってくれないかい」と雄一はさやかにとんでもないことを言い出したのだった。

「ええ？」

さやかはぽかんと口を開けた。

「かみさんに先立たれてしまったし、子供も孫もいないままこれから生きていくのはちっと寂しいんだ、俺は」

「そうか……でも雄さん、そんな急に……」

「そうだよね。だけど俺はずっと思っていたんだ」

「でも……あたしなんかが雄さんの孫になっていいの？」

「もちろん、さやかちゃんしかいない」

さやかはしばらく黙って、さっきまで二人がいた弁天堂の方をじっと見つめていた。そして、

「なっても……いいけど……」とそちらを見つめたまま、さやかは小声でそう言った。

「なってくれるかい？」

さやかの横顔を見つめながら雄一は言った。

「うん、だけどそのお金をもらう訳には……」

「じゃ、こうしよう、これはさやかちゃんが喫茶店開いたときのコーヒー代の前払い金ということに」

「もと取るのに何十年もかかっちゃうよ、雄さん」

「大丈夫、長生きしてさやかちゃんの店へ毎日通うから」

「本当にいいの？」

「もちろん……孫のために何かしてあげられるなんて、こんな嬉しいことはないよ」

「雄さんがそこまで言ってくれるなら……」

「OKしてくれるかい？　お金のことも、孫になってくれることも」

雄一はじっとさやかの目を見据えながら訊いた。

「はい……謹んでお受けします」

さやかも雄一の目を見ながらそう応えた。

「やったあ、孫ができたぞ」

雄一は思わず立ち上がって叫んだ。その姿を見ていたさやかは微笑みながら、

「そしたら、これから雄さんのこと〝おじいちゃん〟って呼ばなくちゃ」と茶目っ気たっ

ぷりに言った。

「そこは雄さんのままでいいんじゃないかい」と口をとがらせて雄一が返した。

「そうだよね」

二人は顔を見合せて笑った。

「そうと決まったら、さやかちゃん、固めの杯をしよう」

「固めの杯？」

「そう、アメ横に海鮮丼の美味しい店があるんだ。そこへ行こう」

「わあ、楽しみ」

二人は並んで蓮池の中の一本道をふたたび歩き出した。二人とも晴れやかな顔をしていた。

「雄さん、さっそく弁天様にお参りした効果があったみたい」

「そうだね、これは弁財天のご利益だよ、きっと」

二人は上野公園から不忍通りに出て左手へと曲がった。

「ねえ雄さん」

「なに？」

「この間恐山へ行った時、奥さんとどんな話した？　施設に入る報告はしたって聞いたけど、他には？」さやかが訊いてきた。

「それがさあ、何を話そうか迷ってるうちに時間が来ちゃって、あまり話しできなかったよ」雄一は応えた。

「そうなんだ」

「一応かみさんにはいろいろ世話になったからお礼はしといた。それと……俺がそっちに行くまで浮気するなよって言ってやった」

「ええ、それって逆じゃないの？　奥さんの台詞でしょ」

「いや、俺は大丈夫だ」

「ほんと？　怪しいなあ」

「俺はもう〝役立たず〟だから……」

「嘘でしょ」

「ほんとさ」

「やだあ、奥さん呆れてるよ、きっと」

「すべてお見通し……かな」

あまりに滑稽な会話に、二人とも歩きながら吹き出してしまったのだった。

「そして最後にかみさん、言ったんだよ」

「なんて？」

「なんて言ったと思う？　さやかちゃん」

「ええ、分からない、なんて言ったの？」

「〝ぬかみそ〟って言ったんだ」

「まあ、すてきな話」

　不忍通りから中央通りの交差点に出ると、街に灯がともり始め、人の賑やかさも増していた。二人は通りを突っ切ってアメヤ横町へと向かう路地に入り、そして多くの人達の中へ紛れ込むように消えていった。

マイクロマン

「前方50万㎞にカリニア星が見えてきました」

「オーケー、V17、そのまま接近せよ」

「了解」

「左前方に彗星があるから注意せよ」

「了解」

マイクロマンV17の乗ったマイクロカプセルはさらにカリニア星に接近していきます。彗星をかわし、衛星を横目に見ながらぐんぐんカリニア星に迫っていきます。

「カリニア星……とても綺麗な惑星だ」マイクロマンV17が呟きます。

　やがてマイクロカプセルはカリニア星の大気圏に突入し、地表に向かって高度を下げていきます。眼下には雪をかぶった山や、青く光る海や、黄土色の砂漠など、さまざまなものが見えてきました。

「もう少しだ」

マイクロマンはややほっとした表情をみせました。そして遂にマイクロカプセルはカリニア星のユタ山頂上に着陸しました。周りを見渡すと、ユタ山頂からはすばらしいカリニア星の夕景が広がっています。

「V17、ただいまカリニア星のユタ山に到着しました」

マイクロマンはある使命を託され、遥か彼方のマイクロ星からカリニア星へとやってきました。そして彼はテレパシーを使ってマイクロ星との交信を行なうことができます。

「ではそこから山の麓へ降りてカリニア星の生物と接触し、今回のターゲットであるルプーピに関する詳しい情報を得よ」

「了解」

マイクロマンの乗ったマイクロカプセルは風に乗ってユタ山頂を離れ、ゆらゆらと下界へ降りていきます。やがて多くの生物たちが暮らすカリニア星の平地に辿り着きました。そしてカリニア星に住む生物たちと交信するためカリニア星の周波数に合わせたテレパシー波を放出しました。すると……

「マイクロマンさん、お待ちしていました」と早速反応がありました。

「あなたは？」マイクロマンが問いかけると、

「マイクロマンさんにカリニア星の情報を伝える役目を仰せつかりました。私はこの星ではミーミルと呼ばれています」

「ミーミルさんよろしくお願いします。カリニア星は今どのような状態なのでしょうか？」

「かなり危機的な状況です。ルプーピ達のわがままを何とか止めなくては、このカリニア星が大変なことになってしまいそうです」

「ルプーピはそれほどの大きな力をもっているのですか？」

「彼らは自分たちがこの星の支配者だと思っているようです」

「彼らとテレパシーで話し合うことはできますか？」

「ルプーピはテレパシーを使うことができません」

「テレパシーを使うことができないって、そんな下等生物がこの星を支配しているのですか？」

「そうなんです。彼らとコミュニケーションをとることは、ほぼ不可能です」

「うーん、そうなるとかなり難しい仕事になりそうだな……でもやるしかない。早速とりかかりましょう」

「分かりました。それでは、ルプーピがいるところへご案内します」

そう言ってミーミルが歩きだしました。マイクロマンはとても小さいのでミーミルの目では確認することができません。マイクロマンとミーミルとの会話はやはりテレパシーを使って行ないます。マイクロマンの乗ったマイクロカプセルが空中に浮かびながらミーミルの後をついて行きます。カリニア星には昼と夜があり、この地域は夜の時間帯となっていて周囲は真っ暗です。

「もうすぐルプーピの居住区に到着します」ミーミルが言います。

「カリニア星にはルプーピと会話ができる生物はいないのですか？」マイクロマンが訊《たず》ねます。

「お聞きしているとは思いますが、カリニア星の多くの生物たちはテレパシーを使って会話や情報交換ができるのですが、ルプーピにはその能力がありません。なので彼らは同じルプーピ以外の生物とうまくコミュニケーションがとれずに暴走してしまうのではないかと想像できます」

「なるほど……」

うっそうとした森をぬけるとルプーピの集落が星空の下に見えてきました。

「あちらに点在している建物がルプーピの住み家です。この時間はほぼみんな眠っています。私はこれ以上集落に近づくことができません。あちこちにルプーピによる罠がしかけられていますから」

「罠とはまたずいぶん原始的なものを使うのですね」

「そう、彼らの行動を理解するのはなかなか大変です」

「ご案内、ありがとうございました。では行ってきます」

「お気をつけて」

　マイクロマンはミーミルと別れ、マイクロカプセルに乗ったまま地上10mあたりのところを飛行してルプーピの集落へ接近します。ルプーピの住み家は一階建てだったり、二階建てだったり、形もさまざまです。このような住み家を作る生物はカリニア星ではルプーピだけです。マイクロマンはその中の一軒をターゲットとして選びました。家の入口のドアには鍵がかかっています。でもマイクロマンはとても小さいので、マイクロカプセルごとドアの鍵穴から楽々と侵入することができます。

　ルプーピの家に入ったマイクロマンは空中を漂いながらひと通り中の様子を偵察します。この家は二階建てでルプーピは上の階で寝ています。二階には部屋が二つあり、それぞれ二頭ずつ合計四頭寝ています。どうやら親子のようです。マイクロマンは二頭の親の片方に狙いをつけました。どうやら父親のようです。狙いをつけたルプーピの親は熟睡しています。口を少し開いて、いびきをかいて、口角からはよだれも垂れています。マイクロマンの乗ったマイクロカプセルがルプーピの口から体内へ侵入していきます。のど仏をよけながら気管と食道の分岐点へ向かいます。ルプーピは自分の体の中へマイクロマンが入り込んできたことなど全く気が付きません。マイクロマンの体は超々小さいのでルプーピが起きていたとしてもきっと気が付かないでしょう。

分岐点を気管の方向へ進みます。気管はルプーピが呼吸したときの空気の通り道で、形は丸くて空洞のチューブのようです。そして気管の中はルプーピが行なう呼吸によって強い風が吹きます。奥へ進んで行くマイクロマンにとってルプーピが息を吸うときには追い風、吐くときには向かい風となります。気管の中を進んでいくと分かれ道があります。まずは右と左に分かれ、その先は木の枝状にいくつも分かれ道があります。気管枝と呼ばれるところです。さらに先に進んでいくと小さな部屋があり、そして壁に突き当たります。肺胞と呼ばれるところです。マイクロマンはここでマイクロカプセルを止め、マイクロカプセルの外へ出ました。

部屋の壁にはルプーピの肺胞の細胞が整然と、まるでじゅうたんのように並んでいます。ひとつひとつの細胞はマイクロマンよりずっと大きなもので、壁の向こう側には毛細血管があってその中を血液が流れているのが見えます。

「ここでひと休みしよう」

そう言ってマイクロマンは自分の体をルプーピの肺胞の細胞に密着させ、長旅の疲れを癒すために休息をとることにしました。

　やがてルプーピの集落に朝が訪れ、ルプーピ達が次々と眠りから覚め始めました。マイクロマンが入り込んだルプーピも目を覚まし、動き出しました。彼の肺胞の中にマイクロマンがいることなどには全く気が付いていません。ルプーピは家族同士で何か話をしていますが、その言葉はルプーピにしか理解できません。やがて父親ルプーピはどこかへ出かけます。

「さて、そろそろ仕事にとりかかろう」

肺胞の中のマイクロマンが呟きます。まず肺胞の細胞の隙間をすり抜け、次に毛細血管の隙間をすり抜け、そしてやや太い血管の中に入ります。血管の中は血漿《しょう》という液体が流れていて、その中に血球という細胞が浮かんで移動しています。マイクロマンは血球と共にゆらゆらと血管の中を流れ、ルプーピの心臓へと向かいます。そして心臓が収縮したときに血液とともに勢いよく大動脈という太い血管へ押し出されます。やがて大動脈は頭の方へ行く血管とお腹の方へ行く血管に分かれます。マイクロマンはその分岐点を頭の方へと流れていきます。

ルプーピの頭の方へ向かう血管には途中でさらに多くの分岐点があります。マイクロマンは血球に乗ったまま脳の方向へ進んで行きます。血管は分岐をするたびに細くなっていき、脳の中で毛細血管となります。

「よし、ここだ」

そう言ってマイクロマンは血球から降りました。彼が仕事をする場所に到達したのです。ルプーピの脳のまん中です。マイクロマンの周りには多数の脳細胞が並んでいます。

「では、始めるぞ」そう気合いを入れてマイクロマンは独特のポーズをとります。彼の武器であるメラニウム光線を発射するためです。「発射！」ルプーピの脳細胞めがけてメラニウム光線が発射されます。〝ジュワー、シュワー〟光線が当たった脳細胞の色が少し光りながら変わっていきます。そしてそのときです。なぜかルプーピが「ふふふっ、ふふふっ」と笑いだしました。周りにいる他のルプーピが怪訝そうな顔をして見ています。「ふふふっ、ふふふっ」そのルプーピはさらにずっと笑い続けます。ついにルプーピは笑い続けたまま自分の住み家への帰り道も分からなくなってしまい、仲間のルプーピに家まで送ってもらう羽目になってしまいました。その日の夜、ルプーピは寝床に入り、眠りについてからもクスクスと笑い続けていました。もちろんそれはマイクロマンのメラニウム光線の効力によるものでした。

ルプーピの脳の中に入ったマイクロマンには特筆すべき能力がもうひとつあります。それは自分自身をコピーすることができる能力、つまり分身の術を使って自分と同じ個体をいくつも作り出すことができるのです。コピーマイクロマンはさらに分身することができ、オリジナルマイクロマンと同じようにメラニウム光線を発射することもできます。この夜、ルプーピが寝ている間にマイクロマンは脳内で分身を行ない、約１００体のコピーマイクロマンを作りました。

コピーマイクロマンたちはルプーピの脳内の毛細血管の中に入り込み、静脈という血管の中を流れる血液に乗って心臓へと向かいます。ルプーピの心臓に入ったコピーマイクロマンは心臓の拍出とともに心臓の外へ押し出され、今度は肺動脈という血管の中を肺に向かって進んでいきます。血管が肺の内部に入るとどんどん枝分かれして細くなっていき、やがて肺胞と隣り合った毛細血管となります。コピーマイクロマンたちはここで毛細血管から肺胞へと移動します。肺胞は昨夜マイクロマンがしばしの休息をとっていた場所です。肺胞からはルプーピの呼吸のタイミングを計り、息を吐くときに合わせて気管枝、気管、のどへと移動して、ついにルプーピの鼻の穴から体の外へ出ました。この間もルプーピは眠りながらクスクスと笑い続けています。外へ出たコピーマイクロマンたちは分散してルプーピの家族の体へふたたび入っていきます。そしてまた肺胞の細胞にひっつきながら夜が明けてルプーピ達が活動を始めるのを待ちます。

翌朝、ルプーピの家族たちは食事を済ませ、それぞれどこかへ出かけていきます。しかし最初にマイクロマンが潜入したルプーピは、眼が覚めてもヒヒヒッ、ヒヒヒッと笑い続けていて、食事は食べたもののまた寝床に戻ってしまいました。ルプーピの家族が家の外へ出かけたタイミングを見計らい、彼らの肺胞内にいたコピーマイクロマン達が活動を開始します。ルプーピの吐く息とともに鼻や口から外界へ飛び出します。飛び出したコピーマイクロマン達は、それぞれ風に乗って空気中を漂いながらあちこちに分散していきます。ばらばらに分散したコピーマイクロマン達は、あるものは１㎞先へ、あるものは10㎞先へと飛んで行きました。

飛んで行った先でターゲットとなるルプーピを見つけ、鼻や口から侵入していきます。どうやらコピーマイクロマン達は大人のルプーピをターゲットにしているようです。ターゲットルプーピの体内に入ったコピーマイクロマンはふたたび彼らの脳を目指します。そして脳に到達したコピーマイクロマンはそれぞれのタイミングで脳細胞に向かってメラニウム光線を発射します。「発射！」……間もなくすると「ふふふふっ、ふふふっ」と脳細胞にメラニウム光線を受けたルプーピが笑いだします。この日、百頭あまりのルプーピがメラニウム光線を受け、笑いが止まらなくなってしまいました。笑いが止まらなくなったルプーピは、食べることと寝ることにしか興味を示さなくなってしまいました。周囲のルプーピたちはその様子を見て、いったい何事が起ったのだろうと驚き、目をパチクリさせながら見守ることしかできません。コピーマイクロマンたちはさらに自身のコピーを行ない、他のルプーピへと移っていきます。数日後にはルプーピたちの間で『謎の笑い病』が流行っているとの噂が広がり始めました。

ルプーピの世界にも医療に携わる者がいます。そのルプーピたちが笑い病に罹ったルプーピを診て「今まで全く経験したことのない未知の病気だ」と一様に危機感を抱きました。この笑い病の特徴はただ笑いが止まらなくなるというだけでなく、知能が著しく低下してしまうということが判明しました。そのため笑い病にかかったルプーピは普通の社会生活が送れなくなってしまうのでした。医療に携わるルプーピたちは笑い病に対して効きそうな治療をいくつか試してみましたが効果がありませんでした。このまま笑い病に罹ったルプーピが増えていくと、ルプーピの社会にかなり悪い影響を及ぼしかねないという見解から『笑い病対策委員会』なるものが設置されました。笑い病の蔓延を防ぐための手だてをいろいろと模索していこうという会です。しかしこれといった決め手を発見することができないまま日に日に笑い病にかかるルプーピは増えていったのでした。

　そんなとき、ルプーピの脳内でひと休みしていたマイクロマンに向かって、今まで受けたことのないテレパシー波が飛び込んできました。

「マイクロマンさん、聞こえますか？」とマイクロマンに向かって誰かが話しかけてきます。

「聞こえます。あなたは誰ですか？」マイクロマンが返事をします。

「僕はルプーピの一人です。僕たちの世界では自分たちのことを『人間』と呼んでいます」

「人間……ですか、あなたは」

「はい。そして僕の名前はユウキ、十五歳です」

「たしか現代のルプーピ、いや人間は誰もテレパシーを使えなかったはずですが」

「そうなんですが、なぜか僕だけはテレパシーを使えるんです」

「他の人間はだれもテレパシーを使えないのに、あなたは普段誰と話をしているのですか？」

「僕の家や近所にいる動物たちと話をしています」

「そうなんですね。今日私にテレパシーを送ってきたのは、何か考えがあってのことですね」

「はい、最近僕たち人間の世界で笑い病という病気が出ています。大人たちは笑い病の原因を見つけようとしていろいろ調べているようなんですが、ぜんぜん分からないとみんな言っています」

「おそらくそうでしょう。笑い病を単純な病気として考えていたら原因を究明することはできないでしょう」

「なので山里で暮らしている動物たちに笑い病のことを聞いてみたんです。そしたらマイクロ星からやってきたマイクロマンさんによるものだと教えてくれたんです。」

「そうです。私はマイクロ星から指令を受けてこのカリニア星にやって来て、そして活動をしています」

「僕たちはこの惑星、つまりカリニア星のことを『地球』と呼んでいます」

「地球……ですか」

「はい。そして人間の大人たちは笑い病のことをニュースで見たり聞いたりして、これが人間の間でどんどん広まっていくのではないかと怖がっています」

「確かに症状の出た人を目の当りにしたら恐れを抱くでしょうね」

「なのでこれ以上笑い病を増やさないようにマイクロマンさんにお願いしたくてテレパシーを送ったのです」

「そうですか。気持ちはよく分かります。しかし私はマイクロ星からの指令によってこの地球で活動しています。だからマイクロ星に帰ってもよいという新たな指示が出ない限りやめることはできないのです」

「どうしたらその指示をもらうことができるのですか？」

「今は私にも分かりません。でもユウキくんがテレパシーを使えるので、何か方法を見つけることができるかもしれません。これからも連絡を取り合っていきましょう」

マイクロマンはこれからもユウキとコンタクトを取り続けていくことを約束しました。


少し時間をさかのぼってユウキが最初にマイクロマンとコンタクトをとった日の前日、ユウキは同級生であるカズーの家にいました。二人は応接間のソファーに向かい合って座っています。そしてカズーの隣には一頭のシュナウザー犬が寝そべっています。名前は『チェル』といいます。チェルは三歳の雌犬で体重は８㎏ほど、性格はとても温厚です。

「今日はどんな感じでやるの？」カズーがユウキに尋ねます。

「そうだな、カズくんとチェルが一緒にカズくんの部屋へ行って、そして箱の中へ何か物を入れるんだ。そのあと僕が行ってその箱の中身を当ててるんだ」

「オーケー」

「じゃ、始めるよ」

ユウキはお出かけのときにいつも使っているショルダーバッグからスマホを取り出し、動画撮影の準備をします。

「そしたら……スタート」

ユウキの合図でカズーが席を立つと、それにつられるようにチェルも立ち上がります。そしてカズーが応接間を出ていくと、チェルもすぐあとに続いて出ていきます。ユウキは「チェル、またあとでね」と言いながらふたりが出ていく姿を動画撮影しています。

三分ほどたったとき、二階から「いいよー！」というカズーの声が聞こえてきました。そしてユウキも二階のカズーの部屋へ向かいます。「おじゃましまーす」と言ってカズーの部屋へ入ると、カズーがベッドに腰をかけ、膝の上には四〇センチ四方の段ボール箱を抱えています。チェルはまたカズーの隣にいて今度はお座りをしています。ユウキはいつもカズーが使っている勉強用の椅子に腰掛けてふたりの方を向き動画撮影を続けます。ユウキのスマホに向かってカズーが話しかけます。

「ユウキくんのいない所でこの箱の中に何かを入れました。この箱の中に何が入っているかユウキくんは知りません。チェルは僕と一緒にいたので何が入っているか知っています。ではこれからユウキくんがテレパシーを使ってチェルと話をして、この箱の中に何が入っているか当ててもらいます」

「チェル、あの箱の中には何が入っているのかな？　教えてくれる」ユウキがチェルに問いかけます。テレパシーを使っての会話なので特に声に出す必要はないのですが、動画を見ている人が分かりやすいようにユウキが喋っています。

「うん、そうか、チェルありがとう」

どうやらチェルが箱の中身を教えてくれたようです。

「さて、この箱の中には何が入っているでしょうか」カズーがユウキに聞きます。

「その箱の中には……」少しもったいつけてから「お父さんのネクタイです。色は紺とグレーの縞模様です」ユウキが答えます。

「さて、当たっているでしょうか……」

カズーがゆっくりと箱を開けてみると、まさにユウキが言っていた通りのものが出てきました。

「すごい、大正解でーす！」カズーが驚きの声をあげます。

「今回もうまくいきました。この動画が面白いと思った人は『いいね』をお願いします。ではまた」

そう挨拶してユウキが動画撮影を終了します。

ユウキは動物とテレパシーで会話するところを最近ユーチューブに投稿し始めたのでした。まだ再生回数はそれほど多くないのですが、一部の若者の間では話題になりつつあります。

「ほんとに動物と話ができるって、すごいよね」

ベッドに腰掛けたままカズーが言うと、

「実は今問題になっている笑い病のことを何か知っている者がいないか、里山の動物たちへテレパシーを送ってみたんだ」

「へえー、山の動物とも話ができるんだ！」

「うん、そしたらミーミルから返事があって……ミーミルとはキツネのことなんだけど……笑い病を起こしているのはマイクロ星というところから来た異星人だって言うんだ」

「異星人だって!? 何のためにそんなところから地球に来たんだろう」

「それは直接聞いてみないと分からないけど、テレパシーでその異星人とコンタクトした方がいいかどうか迷ってるんだ。できるかどうか分かんないけど……」

「そりゃ、やったほうがいいよ。できるとしたらユウキしかいないんだから」

「そうか……」

「そうだよ、なんでこの地球に来たのか訊《き》いた方がいいよ」

「そうか、分かった」


　ユウキがカズーからアドバイスを受けてマイクロマンとコンタクトをとった後、自宅で風呂に入っていたユウキにマイクロマンから連絡が入りました。もちろんテレパシーで。

「ユウキくん、人間についての情報を動物たちから色々聞きました。それによって得た結論ですが、私たちがこの任務を完了するためには、この国で最も権威ある者と話し合う必要があるということです」

「権威ある者……って？」

「この国の王様です」

「王様？」

ユウキはいささか困惑顔で訊き返しました。

「そうです、この国の王様と話し合う必要があります。そのためにはユウキくん、あなたの力を借りなくてはなりません」

「でも……僕が王様と話をすることなんてできない……」

ユウキの顔はますます曇っていきます。

「そこで、ある作戦を考えたのです」

「作戦？」

「そう、作戦です」

マイクロマンはユウキにその内容を丁寧に伝えました。

「うまくできるかな」

やはりユウキは不安を隠すことができません。

「大丈夫。ユウキくんならきっとできるよ」

そう言ってマイクロマンはユウキを励ましたのでした。


　ここのところ、人間の世界では連日笑い病のことがメディアでトップニュースとなっています。笑い病患者が増加するにつれ、やれワクチンの開発はまだかとか、都市をロックダウンした方がいいのではないかとか、さまざまな声が世間を飛び回るようになっていました。政府や医師を中心とした笑い病対策委員会も頻繁に対策会議を開いていますが、なかなかこれといった有効策を見出すことができません。それでも定期的に国民への報告会という形で記者会見が開かれていて、その様子はテレビやラジオでも放送されています。ちょうど今日がその報告会の日で、会見室には多くの記者が集まり、部屋の前方には記者たちと向い合って対策委員長が座っています。委員長と記者たちの間には広くて透明なパーテーションが設置されています。記者と記者との間隔も今日は広くとられています。

「笑い病の最も恐るべき特徴は……」

型どおりの挨拶をしてから委員長が笑い病について話し始めます。

「この病気にかかると笑いが止まらなくなるというだけでなく、知能が三歳児と同じくらいに低下してしまうということが判明しました。その結果患者はまともな社会生活を送ることができなくなってしまうのです」

「笑い病から回復した人はいるのですか？」記者が質問します。

「今のところ一人もいません、残念ながら……」委員長が応えます。

「笑い病の原因はまだ分からないのですか？」

「原因については、おそらく細菌かウィルスのような微生物であると思われます」

「それならワクチンを作ることができるのではないですか？」

「ワクチンを開発すべく大学や病理研究所が協力して動き出してはいますが、まだ実用化までには時間がかかりそうです」

「実用化までおおむねどれくらいという目安は立っていないのですか？」

「残念ながら、それもまだです」

「それでは笑い病がまん延するのをくい止める方法はないのですか？」

「ワクチンに関してはもう少し時間をいただきたいと思います。しかし笑い病の予防については有効な手段がいくつか考えられます」

「どんなことですか？」

「一般の感染症に準じてマスクを着用すること、まめに手を洗ったりうがいをすること、密になる状態を避けることなどです」

「密になる状態を避けるには、具体的にどのようなことをしたらいいのですか？」

「それについては、近々政府の方から……せ、せいふ……ふ……ふふふっ……」

急に対策委員長の様子がおかしくなってきました。おかしくもないはずのところで笑いだしたのです。

「政府から対策……くくっ……ふふっ……ひひっ……ひひひひっ……」

ついに委員長の笑いが止まらなくなってしまいました。

「委員長！　大丈夫ですか？」

記者が心配して声をかけますが、

「だ、だいじょうぶ、ふ、ふふふふ……ふふふふ……」

とても大丈夫そうには見えません。この会見の一部始終は生放送でメディアに流れています。「笑い病対策委員長が笑い病にかかってしまった」その瞬間を多くの人が目の当たりにすることになってしまいました。そして当然ながら記者会見はここで中断されることになったのでした。

　笑い病の対策委員長が笑い病にかかったことは国中の話題となりましたが、同時にある噂が若者を中心に広がっていきました。その噂とは、「対策委員長が笑い病にかかることを予測した人間がいる」というものです。

この会見が行われる少し前のこと、最新のユーチューブにある動画が流れました。それはひとりの少年が映っていて、画面に向かって何かを喋っているというだけのものなのですが、その話の内容がただごとではなかったのです。それは次のようなものでした。

「今流行っている笑い病について皆さんに知ってもらいたいことがあります。笑い病を起こしているのはマイクロ星という星から来たマイクロマンという小さな生物です。僕はテレパシーを使ってそのマイクロマンと話をしました」

そう言ってから少し間をおき、さらに話を続けます。少年がだいぶ緊張しながら話している様子がうかがえます。もちろんその少年こそユウキです。ユウキは新たにクッキーマウスという名前でユーチューブの動画を開設し、ある目的を果たすため笑い病についての情報を配信し始めました。一般の人からみると動画の内容が突拍子もないものに思われる可能性が高いため、カズーのアドバイスもあって画面のユウキの顔の部分はクッキーマウスというアニメの顔に加工されています。

ユウキは話を続けます。

「マイクロマンによると、彼はマイクロ星からの指令によって地球に来て、そして人間に笑い病を流行らせているそうです。笑い病の流行を止めるためにはこの国でいちばん偉い人である王様と話し合わなければいけないそうです。その話し合いにはテレパシーを使える人間の通訳が必要です。王様との話し合いが実現しないと笑い病にかかる人がもっと増えていきます。そして笑い病対策委員長も笑い病にかかってしまいます」

時間とともにこの動画へのアクセス数が増えていき、半日後には一万件を超えるようになっていました。しかしまだ動画を見た人でもクッキーマウスという少年がテレパシーを使えるとか、マイクロマンと話をしたとか、そんな非現実的と思われることを信じる人はほとんどいませんでした。

　次に行われた対策委員長の記者会見、前委員長は笑い病にかかったまま回復せず笑い続けているため、委員長が交代となっています。

「委員長、最近ユーチューブ動画でクッキーマウスという少年が笑い病についてコメントしていますが、ご覧になりましたか？」

早速記者たちがユウキのユーチューブ動画を話題にしてきました。

「見ました」委員長が応えます。

「彼は対策委員長が笑い病にかかることを予言していますが、これについてどう思われますか?」

「笑い病を起こしているのが異星人だとか、その異星人とテレパシーで話ができるとか、あまりにも現実離れしている内容でしたね」

「彼の話は取るに足らないでたらめであるということですか?」

「笑い病の原因についてはこれから我々の研究によって明らかになっていくでしょう」

「しかし、いまだに新たな進展が見られず、有効な対策が見つかっていないようですが……」

「だからといってクッキーマウスなどという少年の言うことを信じるなんてことは、我々が今まで積み上げてきた科学や常識を捨ててしまうことになるではありませんか」

「人間の常識を越えたところに真実があるかもしれない、という可能性を探ることはできませんか?」

「もし、いま、ここで私が笑い病を発症したら、彼のことを信じることができるかもしれませんが、まさかそんなことが起こるとは……は……は……はは……はは……」

また委員長の様子がおかしくなってきました。

「委員長！　大丈夫ですか？」記者が声をかけます。

「はい、感染対策に万全を期しているこのわたくしが、は、は、は、ははははっ……あれ……」

やがて委員長の笑いが止まらなくなってしまいました。

「……発症した」と記者たちが口々に呟きます。

もちろんこの様子もテレビのニュースやワイドショーで放送されていました。番組に登場しているコメンテーターやタレントの多くが「このような状況になってしまった以上、国王とマイクロマンとの会談を行なってみるべきでしょう」などとコメントするようになってきました。こういったマスコミ報道の影響もあってか、国中の多くの人たちがまるで評論家になったかのようにさまざまな意見を言い合うようになっていました。そしてマイクロマンとの会談を望む声がだんだん増えてきました。

その夜、王宮にはポートン国王はじめ政府の重鎮たちが集まっていました。

「国王、国民の多くが国王とマイクロマンとやらの会談を期待しています。どう思われますか？」執行部長が国王に問いかけます。

「あのクッキーマウス少年の言うことを信じろ、というわけか？」

国王はその問いに答えず執行部長に問い返しました。

「笑い病の治療法が見えてこないうえ、彼の予言通り対策委員長が次々と笑い病に罹患していきます。このまま笑い病にかかる人が増加していけば、国中が三歳児の能力しかない人間達で溢れてしまいます。もしそうなったら、その先にあるのは国家の崩壊です」

「つまりマイクロマンと会談をすべきだということか」

「この際ひとつの選択肢として考えてもいいのではないかと思われます」

執行部長のその言葉を聞いて、厚生健全省のムウ大臣の顔色が変わります。

「執行部長、そんなことをしたら人間の科学の敗北ですよ。いま大学や研究所とタッグを組んで全力で治療法の確立を模索しているところです。クッキーマウスなどに振り回されてはいけません。もう少し時間をください」

「ムウ大臣、あなたの立場からするともっともなご意見ですし、皆さんの努力を否定するものではありません。ただ治療法のめどが立っていない以上、何か他の方法も検討して時間を稼ぐ必要があるのではないですか」

「だからといってマイクロマンなどという得体の知れないものと会談をして、いい結果が得られると思っているのですか？　執行部長」

「それは何とも言えません。なにせ相手は未知の生物ですし、クッキーマウス少年の通訳がなければ話し合うこともできない。しかし国家の崩壊を防ぐためにあらゆる手段を検討する必要があります」

「国王、国王はどうお考えですか？　まさかクッキーマウスの助けを求めるなどと……」

ムウ大臣が王様の見解を求めます。

　ここでじっと話を聞いていたポートン国王が「ふーっ」とひと息吐いてから喋りはじめます。

「まずは政府と国民が一致団結してまん延防止に努めましょう。それでも新たな患者が増加するならば次の手を打っていきましょう。マイクロマンと話し合うというのは非常に重い決断です。あと一週間……いやあと三日様子を見ましょう」

国王もかなり苦慮している様子がうかがえます。

　翌日新しい笑い病対策委員長が任命されましたが、またまた記者会見の最中にその委員長も前任の委員長たちと同じように笑い病を発症してしまいました。なぜ、いつもちょうど記者会見のときに委員長が笑い病を発症するのかというと、あらかじめ委員長の脳内に入ったマイクロマンが記者会見の時間に合わせて彼の脳細胞に向かってメラニウム光線を発射していたからなのです。これ以降だれもが対策委員長になることを恐れ、拒否したため、委員長の席は空席となってしまいました。

「リリアン、今日の夕御飯は何がいい?」

ユウキが自宅の居間で愛猫に話しかけています。

「そうだね『すこやかキャット』のホタテ味がいいな。このあいだ初めて食べたけど美味しかったから」

ソファーに寝そべっていたリリアンが顔を上げてユウキに夕食のリクエストをします。

リリアンは五歳の雌猫で、種類はヒマラヤンという茶色系・長毛の子です。性格は比較的大人しい方ですが少しおすましした感じがあって、人間に例えたらクールビューティーといったタイプです。

「オーケー、少し待っててね」そう言ってユウキが台所に向かったとき、プルルーン、プルルーンと電話の着信音が響きました。

「ユウキ、電話出て!」

台所で玉ネギを切っていたユウキの母、テルーミが大きめの声で言いました。

「はい、ミマです……」ユウキが応対します。

「はい、僕がユウキです……えっ、執行部？　……はい……お父さんはまだ仕事です……はい、お母さんはいます」ユウキは少し戸惑った表情で母を見ます。

「お母さん！　電話代ってくださいだって」

「誰から？」

「執行部長」

「執行部長？」テルーミが包丁を置いて受話器を取ります。

「もしもし、ユウキの母でございます……はい……え、執行部長ですか……はい……うちの子の力を借りたい？　…………明日ですか……子供が納得すれば大丈夫かと思いますが……もういちど子供と代わります……」

再びユウキが話をします。

「ユウキです……はい……明日……マイクロマンと……大丈夫です……9時ですね……わかりました……失礼します」

ユウキは少し震える手で受話器を置きました。

「母さん、明日の朝、政府の人が迎えに来るって」

「ユウキ、大丈夫なの？」

「大丈夫……やるしかない。きっとこれがマイクロマンさんの作戦だったのだから」

「作戦？」

ふたりが電話の応対をしている間、リリアンは「あたしの夕ご飯まだかなー。あたしの存在忘れないで」といった表情でソファーの上からユウキとテルーミに視線を投げかけていました。


翌朝、ユウキとテルーミは迎えの政府専用車に乗って王宮に向かっていました。車は黒塗りの高級セダンで、二人はその後部座席に少し間隔を開けて座っています。車の中では二人とも何も喋りません。運転手の男性もミマ家の玄関で挨拶を交わし「どうぞ、お乗りください」と言った後は話しかけてくることもなく、黙ったまま運転を続けています。政府専用車の室内に音楽などを流すはずもなく、やや重苦しい静寂だけが三人を包んでいます。ユウキはしばらく目を閉じ、これから起こるであろうことを彼なりに頭の中でシュミレーションしていました。そうです、ポートン国王がマイクロマンと話し合うことを決断し、ユウキに両者の間での通訳を依頼したのです。

　やがて車の進む先にテレビで見覚えのある建物、王宮が見えてきました。その玄関に車が横付けされると女性の職員がドアを開けてくれました。さらに案内係の職員がいて「よくお越し下さいました。こちらへどうぞ」といってユウキとテルーミを建物の中へ誘導し、奥へと進んでいきました。二人はやや硬い表情で案内係の人についていくと王宮内の一室に通されました。そこは応接室のようです。

「お母様はこちらの部屋でお待ち下さい」

案内係はそう言ってユウキだけをさらに奥の部屋へと誘導します。ドアを開けてもらいユウキが中へ進むと、そこにはポートン国王が立っていてユウキを迎えてくれました。どうやら執務室のようです。

「ユウキくん、お待ちしていました」

眼鏡をかけたポートン国王は優しい印象ですが、少し疲れた表情も表われていました。フロアには二脚の椅子が向かい合い、まん中には透明なパーテーションが設置されています。そのひとつに座るよう国王がユウキに促し、国王も向かい合った椅子に座ります。

「今日ユウキくんに来てもらった理由は執行部長から聞いていると思います。笑い病のこれ以上の蔓延を防ぐため、ユウキくんの力を借りたいのです。私はマイクロマンと話し合うことを決断しました。どうか通訳をしてください」

ポートン国王があらためてユウキにお願いをします。

「はい、分かりました」

椅子に座って軽く握った両拳を膝の上に置き、だいぶ緊張した表情でユウキが返事をします。

「それでは、今から始めさせていただいて大丈夫ですか？」

「大丈夫です」

「マイクロマンさん、あなたは今どこにいるのですか？」

そう問いかけた国王の言葉をユウキがほぼ同時にテレパシーでマイクロマンに送ります。

「あなたの奥様の脳の中にいます」

マイクロマンからのテレパシーの言葉をユウキが喋ります。

「えっ」それを聞いた国王の顔が一瞬こわばります。

「心配はいりません。私がメラニウム光線を脳細胞に向かって発射しないかぎり何も起こりません」

マイクロマンのその言葉を聞いて国王の表情が少し緩みます。

「マイクロマンさん、あなたは何処からやって来たのですか？」国王が問いかけると、

「宇宙の遥か彼方にあるマイクロ星から来ました」マイクロマンが応えます。

「何のために、そして何故人間に笑い病を広めたのですか？」

「この地球上の生き物たちが私を呼んだのです」

マイクロマンがこの地球に来た理由や目的を話し始めました。

「私が何故地球に来たかを理解していただくためには、人類が誕生した大昔のことから話を始めなくてはなりません。いちばん最初の人類、すなわち原人と呼ばれるものがこの地球上に現れたころ、彼らはテレパシーを使って他の動物たちと話をすることができました。彼らは洞穴に住み、質素な衣服をまとい、そして原人以外の動物たちと無駄な縄張り争いや殺し合いをしないよう、テレパシーでコミュニケーションをとりながら上手く住み分けていたのです。ところが原人から人間に進化してしばらくした頃、彼らはテレパシーという通信手段を捨てたのです。人間以外の動物とうまく住み分けるのでは

なく、人間以外の動物を自分たちの支配下に置こうと考えるようになったのです。そうなるとテレパシーは動物たちとの関係性の中で邪魔な存在となっていきました。動物たちの話を聞く必要はなく、自分たちの考えだけで世の中をコントロールしていった方が都合がいいからです」

「マイクロマンさん、あなたはなぜ人類が原人だった頃のことを知っているのですか？」

「この地球上には人類より何千万年も昔に現れて、今に至るまでほとんど進化することなく暮らしている動物たちがいます。彼らは代々この地球の生物たちのことを語り継いでいて、人類に関する情報もたくさん持っています。彼らとテレパシーで話をすることによって人間の歴史についてたくさん知ることができました」

「原人や地球上の多くの生物がテレパシーを使えたというのは驚きです」

「そうです。原人や多くの生物たちはこの地球上で長く生きていくためにはお互いの協調が大切であることを本能的に知っていました。しかし原人から人間に進化した頃、彼らの脳がアンバランスに発達してしまい、協調を軽視して自分たちの利益ばかりを追い求めるようになってしまったのです。そして他の動物との通信手段であるテレパシーを捨てたのです。生物界のネットワークから完全に逸脱してしまったのです」

マイクロマンから思いもよらない人間の歴史を聞いて、

「人類にその様な過去があったなどと、全く想像すら出来ませんでした」

国王は思わず深いため息をつきます。

「それでもしばらくの間はこの地球環境に大きな影響を及ぼすことはありませんでしたが、人間の数がどんどんと増加し、そしてアンバランスな脳ゆえ自分たちに都合のいい道具を次々に造り出し、自然環境を大きく変えていきました。さらに人間が動物を乱獲することにより絶滅してしまった種もあります。ナウマンゾウやドードーなどがその例です。過激な殺生をするのは動物に対してだけではありませんでした。人間はそのエゴを満たすため人間同士でも殺し合いをするようになってしまいました。人間の歴史は戦争の歴史とも言うことができます。環境を破壊し、そのうえ貴重な地球の資源を人間同士の殺し合いに使うなどという状況を、もはや黙って見ていることはできなくなったのです」

ユウキの通訳でマイクロマンの話をじっと聞いていた国王は眼を閉じ、しばらくの間沈黙してしまいました。そして、やがて眼を開け、

「つまり、マイクロマンさん、あなたは地球の動物たちから依頼され、自分勝手な人間

をこらしめるためにマイクロ星からこの地球へやって来たという訳なのですね」と問いました。

「確かに人間をこらしめているように思われるかもしれませんが、地球を守ることが真の目的なのです。このままこの地球が壊れていくのを私たちも黙って見ているわけにはいきません」

「地球が壊れていくのは人間の所為ですか？」

「必ずしも人間が悪いというわけではありません。地球という環境の中でそれぞれの生物が時間とともに進化してきました。人間も同様に進化してきたわけですが、脳だけがあまりにもアンバランスに発達しすぎてしまったということが言えます。そしてその発達した脳を自分たちの繁栄のためだけに使ってしまったのです。生物たちの中には地球環境を守るためあえて進化せず、何千万年も姿を変えずに生きてきたものもいるのです」

「そのようなこと……全く考えていませんでした」国王は深いため息をつきました。

「それを気付いていただくために私が呼ばれたのです」

「あなたが宇宙の彼方から地球に来た理由は分かりました。地球環境を守っていかなければいけないことも理解しております。しかし私は一国の王です。何より国民の命を守ることが私にとって第一の責務です。そのためには、あなたが人間に起こしている笑い病を鎮静化しなくてはなりません。それが今の私に課せられた最も重要な使命なのです」

国王は国民の命を守ることが最も大事であることを強調します。そしてさらに「どうしたらこの笑い病を終息させることができるのでしょうか?」とマイクロマンに問いかけます。

「地球環境を担保できるかどうかが鍵となります。いちばん良い方法は人間が近代文明を捨てて五〇〇年前、つまり産業革命以前の生活に戻ることです」

「え、五〇〇年前の生活に戻るなどと……それはさすがに……無理です。いちど進んだ時計を逆回転させることなど、できるはずがありません……」

「いえ不可能ではありません。私が出すメラニウム光線のモードを変えることによって、皆さんの脳を五〇〇年前の人間レベルにすることができるのです」マイクロマンは言いました。その言葉に、「え、そんなことが……できるとは……」国王は椅子に座ったまま後ろにのけ反ります。

「五〇〇年前の脳に戻ることによって、皆さんの周囲にある新しい機器は使えなくなります。分りやすく言うと、人間が作り出したコンピューターやスマホ、自動車、テレビ、電子レンジなどの製品が目の前にあるのですが、操作方法が分からない状態になります。飛行機やミサイル、軍用艦なども使えなくなるので戦争ができなくなります。想像してみてください。ある意味静かで平和な世の中になるでしょう。笑い病によって社会生活ができなくなるよりはいいのではないでしょうか」

「なるほど……あ、いやいや、だめです！　笑い病も五〇〇年前も到底受け入れかねます」

「そうですか。五〇〇年前の状態からもういちど進化し直して、今よりもっといい世の中を創るというのも悪くない気がしますが」

「もういちど進化し直すなどということ、全く想像できません。笑い病にかかるか、五〇〇年前の脳に逆戻りするか、この二つのどちらかしか人類に選択の余地はないのでしょうか？」

ポートン国王は絶望感いっぱいの表情でマイクロマンに問いかけます。

「地球に住む生物たちが納得できるような、〝人間による決意〟が表されれば、この二つ以外の道を歩むことができるかも知れません」マイクロマンは言いました。

「〝人間による決意〟ですか。具体的にどういうことでしょうか？」

「地球環境を守り、人間はもちろん、人間以外の生物にも優しい世界を創っていくことです。具体的にどうするかについては、あなたがた自身で考えてください」

「これは大変重い、難しい課題です。他国の代表者とも話し合わなくてはなりません。国民の理解も得なくてはなりません。時間が必要です」

「確かに、答えを出すまでにはある程度時間がかかるでしょう……それでは……私はいったんマイクロ星に帰り、また一年後に地球へ戻ってきます。そのときに地球上の生物たちが喜んでくれるような方向性を示していただければ、私は二度とメラニウム光線を使う必要がなくなるでしょう。いかがでしょうか」

マイクロマンが人間への課題を提示します。

　国王は椅子に座ったまま腕を組み、天を仰ぎます。そして目を閉じ、そのまましばらく不動の状態になりました。そして何分かが経過したときでした。彼は目を開けすくっと立ちあがり、組んでいた両腕をほどいて硬く拳を握りました。そして、

「分かりました。命をかけてその課題に取り組みます」

国王はそうマイクロマンに決意を伝えたのでした。国王のその言葉を聞いて、マイクロマンが、

「人間はこれまで様々な困難に直面してきましたが、そのつど英知を結集してそれを乗り越えてきました。その英知を地球の将来という大きな視点で生かしていけば、きっと最善の答えを導き出すことができるはずです」

そう人類へのエールを送ります。そして、

「私はマイクロ星へ帰ります。また一年後にお会いしましょう」

マイクロマンはそう言って今まで留まっていた国王の妻の脳から肺胞へ移動し、気管を通って体の外へ出ました。人類への重い宿題を残してマイクロマンは地球を離れることになったのです。


　ポートン国王とマイクロマンが会談を行なった翌朝、ユウキはミヤビ川に架かる橋の上にいました。北西の方向にはユタ山がそびえています。欄干に両手を乗せて少しもたれ、彼の視線はユタ山の頂上へ向いていています。するとそのとき、山頂からユウキへとテレパシー波が届きました。マイクロマンからです。

「ユウキくん、大変お世話になりました。私はマイクロ星へ帰ります」

「気を付けて……」

「ありがとう。ユウキくんも元気で……」

「また一年後ですね」

ユウキがそう言うと、マイクロマンは予想外の応えをしてきます。

「ユウキくんだけには話しておきますが、一年後にまた私が地球に来れるかどうかは分かりません。私たちが他の惑星へと出かけて活動するのは普通一生に一回だけです。マイクロ星に戻ってパワーを充填しますが、再び遠くの惑星へと出かけることができるほどのパワーを得られる可能性は低いのです。もし私がまた地球に来れなくても、あなたがた人間たちはきっとこれから地球に、そして地球の生物たちに優しい世界を創っていってくれると信じています」

そう言って、マイクロマンは彼が乗ったマイクロカプセルをユタ山頂から発進させました。そしてマイクロカプセルはみるみる上方へ遠ざかっていきます。

「さようならー!」

ユウキがユタ山上空のマイクロマンに向かって叫びます。マイクロマンの姿は見えませんが、彼からのテレパシー波が徐々に弱くなっていくのを感じて、彼が地球から離れていくことを実感できました。

「マイクロマンも命をかけて地球に来ていたんだ……」

ユウキは空を仰ぎながら、そして目を潤ませながらそう呟きました。

マイクロマンが地球を離れて間もなくすると、笑い病にかかっていた多くの人たちはみな回復し、以前と同じ生活ができるようになっていました。笑い病が流行る前と後と、この世界は何も変わっていないように見えました。ただひとつ、人類が大きな宿題を背負わされたということを除いて。

哀しきAI

プロローグ

「澤田先輩、来週の日曜日って何か予定あります？」

ランチメニューの親子丼セットをつついていた米山満夫がその手を止めて、向かい席に座っている三歳年上の澤田明彦に声をかけた。明彦も箸ですくいあげようとしたかき揚げうどんの麺をいったんどんぶりに戻して、

「特にこれといった予定はないけど、雨が降らなければ競馬にでも行こうと思ってる」

と応えた。昼時の食堂はほぼ満席で、平日はやはりスーツ姿の人が半数以上を占めている。

「雨の日は競馬に行かないんすか？」と怪訝な顔で満夫が訊《き》いてきた。

「雨の中泥だらけになりながら走ってる馬の姿を見ていると、何だか可哀そうになっちゃってね」と明彦は応えた。

「へえ、そうなんすか。でも主催者だって雨でいちいち休んでたら収益減っちゃうでしょうしねえ」

「まあ、それもそうだな」

〝雨の日には競馬に行かない〟その理由を話した明彦への満夫の反応が想定外かつ屈託

がなさすぎるため、少し困惑の表情を見せながら明彦はかき揚げを箸でつまみあげ、ひとくちかじった。

　するとそのとき満夫が顔を明彦に近づけ、やや押し殺すような小さめの声で、

「来週の日曜日、合コン計画してるんすよ」と言いだした。

「合コン？」

明彦は顔を上げて満夫を見据えた。

「ええ、そうっす。この間友だちの美久と会って……ああ美久は高校の同級生なんすけどね……あいつも今彼氏いないし、俺も彼女いないっていう話になって、じゃあ合コンでもしようかって話になって、なら二人ずつ集めようって話になって、それで先輩に声かけたんすよ」

「そうなんだ……」

明彦は突然の合コンの誘いに少し戸惑ったたが、その戸惑いを満夫に悟られないよう、興味がありそうな、なさそうな、平静な表情をつくりながら返事した。と同時に日曜日に競馬に行くと言ったことを少し後悔した。なぜなら〝日曜日＋競馬＝彼女なし〟という計算式を満夫に簡単に解かれてしまったような心持ちになってしまったからである。

日曜日＋競馬の正解が必ずしも彼女なしとは限らないし、満夫がそういう解答を導き出して誘ってきたのかも定かではないが、こんなとき勝手にネガティブな答えを出してしまう癖が明彦にはあった。

「そうだなあ……」明彦は間を置いて少し考えるポーズをしたが、日曜日に大した用事が無いことがばれてしまった今、時間稼ぎをしたところで〝合コンの誘いにびびっている男〟としか思われない気がして、

「合コンって年でもないけど、参加してみるか」とそれほど興味は無いけど義理で参加してやるといったモードで答えた。

「年なんか関係ないっすよ。気楽に楽しめばいいんすよ。じゃ時間と場所決まったら連絡しますね」

まるで合コン慣れしているように満夫は話を進めていく。あまり乗り気でなさそうな応え方をしたものの、かすかに何かを期待しはじめた自分自身がそこにいるのを、さっきまでの自分が俯瞰していることに明彦は気付き、思わず心の中で短いため息をついた。

　十二月の町並みは、日に日に寒くなっていったが、その下がっていく気温と反比例す

るように、日に日に街は華やかさを増していった。駅前の街路樹や商店のショーウィンドウにはクリスマス用の電球やディスプレイがひとつ、またひとつと加わって、通りに彩りを添えていった。

仕事帰り、明彦はコンビニに立ち寄った。雑誌コーナーで今日発売の週刊誌を手に取り、そして明日の朝食用のサンドウィッチとともにレジでエコバッグに入れてもらった。部屋のゴミ袋が不足したときには五円でレジ袋を買うこともあるが、今日はまだ大丈夫だ。アパートのドアの前に立ち、カバンの内ポケットから部屋の鍵を取り出す。そして開錠する。毎日やっていることなので、ほとんど無意識の行動だ。中に入ったらふたたび鍵をかける。長時間主のいなかった部屋は外気と同じ温度となり、寒々としている。部屋に戻ったとき寒い上に真っ暗なのは侘しいので、冬になると明彦は出かける際に部屋の照明の豆球を灯しっぱなしにしておくのが習慣となっていた。

１Ｋの部屋を明るくして明彦がまずすること、それは壁に並んで掛けられた二枚のポスターにただいまの挨拶をすることだった。二枚ともＢ１サイズの大きなもので、一枚は往年の大スター『スティーブ・マックィーン』がバイクに跨《またが》っている写真で、もう一枚は人気女性アイドルグループのメンバーである『桐沢りおな』がタンクトップ姿で子犬と戯れている写真だった。男っぽさの象徴的な写真と、可愛らしさの究極的な写真とが決して広いとはいえない明彦の部屋の壁に同居していた。ベッドに寝そべりながらでも眺めることができるよう、彼のベッドと反対側の壁にパネル額に入れて飾っていた。窓側には作業用の小さめのスチール机があり、机の上には電気スタンド、何冊かの本、ノートパソコン、そして額に入った栗毛の名馬『テンポイント』の2L写真が置かれていた。

　部屋が暖まってきた頃、明彦はスーツや靴下を脱いで部屋着用のジャージに着替えた。脱いだ靴下は洗濯機めがけて放り、そしてもこもことした冬用スリッパをつっかけた。次に冷蔵庫を開けて缶ビールを取り出し、プルトップを開けて立ったままひと口飲んで机の上に置いた。置いた缶ビールの横に置かれたエコバッグから先ほど買った週刊誌を取り出した。ベッドに腰掛け、まずグラビア写真のページを開く。好きなモデルのときはしばらく見入っているが、そうでないときはすぐにページをめくって目次に移る。今日は……すぐにページをめくった。しかし今日明彦がすぐにグラビアページをめくったのは、好みのモデルでなかったからという訳ではなく、頭の片隅でうっすらと別のことを考えていたので、もうひとつ雑誌の内容に入り込めていなかったからである。

「来週、合コンか……」

明彦は満夫に誘われた合コンのことが気になっていた。徐々に当日が楽しみにはなってはきたのだが、その楽しみより10％ほど多くの不安も感じるようになっていた。

　明彦自身の自己分析によると、彼は〝本番に弱い人間〟だった。子供の頃からの記憶をたどると、運動会の徒競争で転んだり、ピアノの発表会で大きなミスをしたり、テニスの試合ではファーストサーブが全く入らなくなったりと、練習でできていたことが本番になると思い通りに体が動かなくなってできなくなってしまうことがままあった。異性と話をしているときも、相手の年代に関わらず、何故か急に緊張してスムーズに言葉が出なくなってしまうことがよくあった。それは今も変わっていない。そのような状態になりやすい人を、ある野球選手の例を挙げて〝イップス体質〟であるという記事が半月ほど前の週刊誌に取り上げられていた。きっと自分もそのイップス体質というやつなのだろうと、それを読んだときに明彦は想った。

　そんなことを思いめぐらせながら週刊誌をぱらぱらめくっていると、ひとつの広告に目が止まった。

『交際支援ＡＩ　新発売』

『あなたの恋愛をＡＩがサポートします。このＡＩには約一万組のカップルの交際データがインプットされていて、交際の状況ごとに最善の選択をユーザーに提供します。さらにこのＡＩは新たな交際データを取り込むことによって学習し、日々進化していきます。徐々に二人の交際が親密になっていくと、デートがうまくいった時にはあなたと共に喜び、悩み事などがあれば親身に相談に乗ってくれるようになります。このＡＩがきっとあなたと交際相手の明るい未来を創るための心強いサポーターとなることをお約束いたします。』

明彦はこの宣伝文句にぐらっときていた。若干うさん臭いような気もしたが、今までの自分の恋愛がうまくいかなかったことを考えると、何かの力を借りなければまた同じことを繰り返してしまいそうに思えた。かといってその交際支援ＡＩが信用できるものなのかどうか、明彦にはまったく分からない。「これって大丈夫なの？」などと誰かに聞くこともできない。交際支援ＡＩを購入することはまさにギャンブルのようなものだった。

「まあ、ギャンブルは嫌いな方じゃないしな」

そう呟いて明彦はハンガーにかけてあったスーツのポケットからスマホを取り出し、広告の隅にある二次元コードを読み込んだ。程なく商品説明画面が現れた。それは雑誌の広告と同じように、このＡＩを使った人たちの交際の成功と明るい未来を約束していた。商品説明画面に目を通してから購入画面に移った。ひと通り購入のために必要な個人情報を入力した後、明彦は『購入する』の所に人差し指を乗せた。あとは〝プチッ〟と押すだけだ。しかし、そこで指が止まった。最後の〝思いきり〟というハードルを飛び越えることができない。人差し指が画面に触れそうになった状態で固まっている数秒間のうちに〝このＡＩ、本当に大丈夫か〟という心の右側にある思いと〝同じ失敗を繰り返したくない〟という心の左側にある思いとの間を行ったり来たり、いったい何往復したことだろう。息が詰まった明彦は思わず指をスマホからいったん遠ざけた。息を整えてから仕切り直し、もう一度『購入する』の画面に人差し指をのせ、「いけ！」という気合とともにプッシュした。

バージョン1

合コンの会場は駅から二〜三分歩いた所にあるお好み焼きの店だった。年の瀬近いこの時期、店は夕方早めの時間から混んでいる。予約しておいた部屋は畳敷きの六人部屋で、テーブルを挟んで男三人と女三人が向かい合って座っていた。まん中に満夫と美久が陣取り、満夫の左側に明彦、そして明彦の正面には沙奈と自己紹介した女性が座っていた。明彦から見た沙奈は大人しそうな印象の女性で、少し緊張しているようにも見えた。そういう明彦自身も緊張していた。初対面の女性と向き合うといつもそうだ。いや、女性だけとは限らない。男性でも初対面の人を前にすると心の中で構えてしまい、どういったモードで自己表現したらいいか、一瞬考えてしまうことが多々あった。

「最近はマッチング・アプリとかいってさあ」満夫が喋り出す。

「二人でこっそり会うのが流行ってるみたいだけどさあ、やっぱ合コンの方が楽しいよなあ」と言って対面に座る三人の女性たちの顔を見回す。

「そうだよねー。みんなでわいわいやった方が盛り上がるしね」

器に入った豚肉&チーズのお好みネタをへらでかき混ぜながら美久が賛同した。そして温まった鉄板の上へ〝ジュー〟という音とともにそれを乗せて円く伸ばしていく。お好み焼き屋に来ると、必然的に中央に座っている者が焼く係になってしまうことが多いようだ。しかし美久はそれを苦にする様子はなく、むしろ焼く係を楽しんでいる風にも見えた。

「一丁あがり」

美久がその焼き上がり具合に満足している表情でそう言った。青のりと鰹節は満夫がふりかけた。「青のりと鰹節のご対めーん」などとおどけてみせた。

満夫と美久は学生時代からの知り合いだけあって、この二人を中心に話が弾んでいく。満夫の右隣りに座っている賢一と、その正面の琴音の二人も比較的明るい性格のようで、うまく話に絡んでくる。明彦—沙奈のラインは聞き役に回ることが多い。それでも明彦は久々に女性を交えての食事会だったので、内心嬉しかった。沙奈があまり食べていないことが少し気になった。

食事会が終わる頃、六人の間である協定が結ばれた。もし今日のメンバーの中に女子側からみて付きあってもいい男子がいたら、今夜十時にその男子へスマホでメッセージを送る。男子側からはそれが来るまでメッセージを送ってはいけない、という協定である。一応付きまとい防止の策を施しておこうという思惑による女子側からの提案だった。

解散してアパートへの帰り道、明彦は自転車を漕ぎながら想いを廻らせていた。もちろん今日の合コンで出会った女性たちのことである。

「誰かからメッセージは来るだろうか。もし来るとしたら誰からだろうか。三人の中では沙奈さんと気が合いそうな感じがする」

十時に自分のスマホにメッセージが来ることを期待しつつ、しかし他の男子二人に比べて自分に来る可能性が低いようにも思えた。

「自分がいちばん喋らなかったしなあ……」

部屋に戻って上着を脱ぐと、髪の毛や洋服が少し脂臭いことに気付き、すぐ風呂に入ることにした。風呂のお湯が溜まる間、明彦は風呂桶のふちに腰掛けて今日のことを反芻していた。そしてある重要なことに気付いた。それは二日前に届いた交際支援ＡＩのことである。気持ちが逸って購入したものの、付き合いを始めることが出来なければ宝の持ち腐れになってしまうのだ。しかし、もし女性と交際が始まったら、すぐその時から交際支援ＡＩを活用したいという思いが明彦にあったので、こんなギャンブル的な買い方をしてしまったのだった。

「とりあえず、誰からでもいいから連絡来ないかな」

せっかく買った交際支援ＡＩを無駄にしたくないから、交際相手は誰でもいい、ＡＩを使う機会がほしいという本末転倒な想いが明彦の内に頭をもたげてきたのだった。

風呂から出て、外してあった腕時計を見ると九時少し前だった。「あと一時間か……」それからの一時間がとても長く感じられた。テレビのバラエティー番組をかけてみたものの半分うわの空で、ときどきベッドの上に置いてあるスマホに目がいってしまう。

バラエティー番組が終わって、間もなく十時になろうとする時だった。スマホの着信音が鳴った。

「来た！」

明彦はスマホに飛びついた。送り主は沙奈からだった。

『沙奈です。今日はお世話になりました。』

それだけの簡単なメッセージだった。あまりに短いので拍子抜けしたが「メッセージが来たということは、付き合ってもいいということだよなあ」と独り言を言いながら、沙奈からのメッセージにどう返信しようか明彦は考え始めていた。そしていよいよ交際支援ＡＩの出番だとばかりに、しまっておいた机の引き出しからそれを取り出した。そのＡＩが搭載された端末、見た目はスマホとよく似ていた。予め自分のデータは入力しておいたが、交際相手のデータはまだ白紙状態だ。明彦はＡＩに沙奈のデータを入力しようとしてハタと困った。

「まだ彼女のことは何も知らない……」

彼女に関することで分かっているのは、仕事は医療事務をしているということくらいだった。とりあえず今日会った沙奈の印象や髪型、洋服の趣味など少ないながらも分かるだけ彼女に関するデータを入力した。すると、

『タダイマヨリ、交際支援ＡＩ、作動開始イタシマス。困ッタコトガアッタラ何デモゴ相談クダサイ』という文字がＡＩ端末の液晶画面に表示された。

「よし、デートに誘ってみよう」

明彦は初デートの相談をＡＩにしてみることにした。

『沙奈さんをデートに誘いたいんだけど、競馬場なんかどうかな？　有馬記念を観に行きたいんだけど』と訊いてみた。すると、

『初メテノデートデ競馬場ハヤメテオイタ方ガイイデス。ギャンブル好キト思ワレテシマッタラ、マイナスイメージデス。初デートデギャンブルニ誘ッタ場合ノ交際失敗率ハ83％トナッテイマス』という答えが返ってきた。

「やっぱりそうか」

明彦がある程度予想していた答えだった。それにしても83％という数字には少し笑えた。

『それなら、どこがお薦めですか？』と訊くと、

『最初ハ遊園地ガオススメデス。女子ガ遊園地ヲ好ム確率ハ98％トナッテイマス』という答えが返ってきた。

「遊園地か……定番だな」明彦は思った。さらに『マズ、メリーゴーランドノ二人乗リ馬車ニ並ンデ乗リマショウ。馬ノ背ヨリ馬車ノホウガ二人ノ距離ガ近ヅケマス』とアドバイスしてきた。それを見た明彦は〝なるほど〟と少し感心した。遊園地に行ったときのＡＩのアドバイスはまだ続いた。

『次ニ絶叫マシンニ乗リマショウ。モシ怖イ所デ彼女ガアナタニシガミツイテキタラ、ソレハ大イニ脈アリデス』

「よし、それで行ってみよう」

明彦は沙奈を初デートに誘った。沙奈からＯＫの返事が来た。明彦は「今度こそ、ものにしなくては」という想いを強く抱いた。


　初デートの日、二人は遊園地にほど近い駅で待ち合わせた。明彦は気持ちが逸っているせいか、待ち合わせ時間よりも三〇分早く着いてしまった。「遅刻するよりいいか」

そう思いながら改札口の外で待っていると、ほどなく他の乗客に混じって階段を降りてくる沙奈の姿が見えた。二人の距離がある程度近づいたとき、明彦が沙奈に向かって軽く右手を上げると、沙奈も明彦に気付き、歩きながらこっくりと頭を下げた。

駅から遊園地に向かって二人並んで歩いていった。まだ肩が触れるほど間隔を詰めることができず、付かず離れず微妙な距離感を保って歩いた。物理的な距離はもちろん、心の距離もまだ少し開いていて、歩く二人の間をさまざまな色をした街の空気がすり抜けていた。

「遊園地なんて、久しぶりだなあ」歩きながら明彦が言った。

「私も」沙奈が応えた。〝以前いつ来たか〟などという話題は出さない方が無難かと明彦は思い、会話はそこで途切れた。間をもたせなくてはいけないと考えたが「天気予報はあまり良くなかったけど、雨降らなくてよかったね」とたわいもない話しか出てこなかった。「今日の洋服似合っているよ」などという気の利いたことは明彦には言えなかった。

もうすぐクリスマスというこの時期、遊園地はにぎやかだった。明彦はＡＩの提案に従い、まずメリーゴーランドに沙奈を誘った。列に並んでしばらく待たされたが、シュビよく二人乗りの馬車に横並びで座ることができた。メリーゴーランドが動き出すと、その揺れに伴って二人の腕や肩が擦れる様に軽く触れ合った。沙奈の髪からは、今朝したのであろうシャンプーの甘い香りが微かに漂ってくる。

〝たしかに馬の背よりこっちの方がいい〟明彦は心の中でにんまりした。

　出だしは順調だった。メリーゴーランドの次は絶叫系の予定である。これで一気にお互いの距離を縮めることができるはずだった。ところが、

「ジェットコースターに乗らない？」と明彦が誘うと、

「私、あまり速くて落差のあるやつには乗れないの。ごめんなさい」と断られてしまった。沙奈の返事にやや落胆した明彦は、

「そうか、何か飲み物買ってくる」と言ってその場を離れた。売店で並んで待つ間、明彦は交際支援ＡＩに相談した。

『沙奈さんはジェットコースターには乗れないそうです』と入力すると、

『デハ観覧車ニシマショウ。一五分間密室デ二人キリニナレルノデ、コレモオ勧メデス』と答えてきた。明彦は飲み物を持って沙奈のいる所へ戻り、一本を手渡しながら、「観覧車はどう？」と訊くと、沙奈はＯＫしてくれた。

　二人はそれぞれの飲み物を持って観覧車に乗り込み、向かい合って座った。〝たしか

に密室だ、悪くない〟明彦は思った。しかしいざその密室に二人でいると、どんな話をしたら良いものか、自分のことを話した方がいいのか、相手のことを何か訊いた方がいいのか迷ったが、この場は自分がリードしていかなければならないという義務感のようなものも感じて、

「僕、食事会のときにも言ったかもしれないけど、広告デザインの会社で働いているんだ」と当たり障りのない話から始め、ひと通りいま会社でどんなことをやっているかを話した。沙奈はときどきうなずいたり、ストローで飲み物をすすったりしながらしばらく聞き役にまわっていた。

「医療事務って大変なんでしょう？」と、今度はあなたのことを訊く番だという風に明彦は話を振ってみた。

「医師や看護師は大変だけど、事務職はそうでもないです。でも保険申請の締め切りが近い時は残業になることもあるんですよ」沙奈は応えた。二人の会話もだいぶ硬さがほぐれてきた。

　ゆっくりと観覧車が昇って行くにつれ、徐々に下界の喧噪からも遠ざかり、狭い室内は二人の話す声と息づかいだけで満たされるようになっていた。お互いの表情や、喋る

言葉や、身ぶり手ぶりが周囲の要素に希釈されることなくダイレクト伝わり合うようになっていた。そして二人の乗ったゴンドラがちょうど最高部に差しかかったときだった。

「私〝会食不安症〟なんです」と沙奈が言いだした。

「会食不安症？」

明彦は沙奈が言ったその聞きなれない言葉に戸惑い、訊き返した。

「ええ、今のうちに言っておいた方がいいかと思って……私、多人数で食事をするのが怖いんです」沙奈はそう言った。

「どうして？」明彦は訊いた。

「きっかけは二年前、職場の会食があったとき、体調があまり良くなかったんだけど、無理して出席したんです。そしたら途中で気分悪くなっちゃって、みんながいるところで吐いちゃったんです。それがトラウマになって……」

「そんなことがあったんだ」

「はい。このこと、澤田さんに言った方がいいかどうか、朝から迷ってたんだけど、やっぱり言っておいた方がいいと思って……」

沙奈は少しうつむき加減にそう言った。

「実は僕もイップス体質なんだ」明彦はそう言いかけて、しかし咄嗟にその言葉を声に出さず飲み込んだ。

〝沙奈さんは何か支えのようなものを求めて、あえて自分の弱い部分をさらけ出したに違いない。ここはお互いの傷を舐め合っている場合ではないのだ〟明彦は自分に言い聞かせた。

「でも、この間お好み焼きのお店で会食できたから、だんだん良くなっているのでは」

「あのときは、私のことをよく理解してくれる美久がそばにいてくれたから」

「そうか……沙奈さん、そのこと言ってくれてありがとう」

「めんどくさい奴だと思ったら、もう誘わないでください」

「そんなことない。大丈夫だよ」

　話をしているうちに観覧車はだいぶ下界へと近づき、園内で遊ぶ人たちの表情がはっきり見えるようになってきた。そこにいる人たちはみんな笑顔で幸せそうだった。みんなそれぞれの人生を歩んでいて、幾ばくかの哀しみもきっと抱えているはずだけど、ここにいる間はそれを忘れさせてくれる、遊園地とはきっとそんな場所なんだろうと明彦は想った。それでも観覧車の室内だけは地上の世界と隔絶された異質の空間だった。そして世間から切り離されたこの一五分間で、沙奈との距離をずいぶん縮めることができた気がする。観覧車に乗って良かったと思った。もうすぐ降り場となったとき、明彦は残りの飲み物をストローで飲みほした。〝ズズーッ〟という音が室内に響いて少しばつが悪かった。

バージョン2

初デートの後、帰宅する電車の中で明彦は今日の出来事をＡＩに入力・報告した。沙奈のこともいろいろ知ることができた。ＡＩの提案通りに行動したおかげかもしれない、このＡＩはかなり信頼できるものかもしれない、そんな思いを明彦は抱き始めていた。

『初メテノデートハ上手クイッタヨウデスネ。ヨカッタ。初デートデ沙奈サンガ自分ノ弱イ部分ヲ見セタトイウコトハ、ソレヲ見セテモ明彦クント付キ合ッテイケルト思ッタカラデショウ。次ノデートハ沙奈サンノ趣味ニ合ワセテミタラドウデスカ。応援シテイマス。情報量ガ増エタノデ、アップデートシテクダサイ』

沙奈との交際を応援してくれるＡＩの存在が嬉しく、そして頼もしかった。

　年末の有馬記念レースは明彦ひとりで出かけた。まだ沙奈を誘うのは早い気がしたからだ。有馬記念はメジャーレースで唯一、ファン投票で出走馬が選ばれるものである。今年活躍した馬たちの中から人気・実力ナンバーワンを決める締めくくりの大レースだ。場内は何万という数の競馬ファンによってむせ返るほどの熱気に包まれていた。明彦は『ヒカリモデュール』に投票していた。もちろん馬券も買ってある。ヒカリモデュールは地方競馬からのし上がってきた馬で、いわゆるエリート街道とはまったく別の道を歩んできた競走馬だった。そんな〝雑草魂〟で生き抜いてきた姿を見ていると「おまえも頑張れよ」といったエールを馬から贈られているように思えて、こちらからも応援したくなるのだった。

　明彦は馬券を握りしめてレースの行方を見守っていた。そして懸命に走る馬たちの中にヒカリモデュールの姿を探した。すると最終コーナーまで後方に構えていたヒカリモデュールが見事な末脚を発揮し、直線で一気に先行馬を差し切って優勝したのだった。本命ではなかった馬の勝利で、場内には大きな歓声とどよめきとため息が交差しながら響き渡った。ヒカリモデュールにとっても、明彦にとっても会心のレースだった。明彦にとって会心という意味は、買った馬券が当たったということだが、それだけではなく、馬の世界でエリートではないヒカリモデュールと、人間の世界でエリートではない明彦自身が何となく重なり合って、彼の勝利が自分のことのように嬉しかったのである。

明彦は揚々とした気分で競馬場からの帰途についた。馬券が当たった日にはちょっぴり贅沢な食事をすることにしていたので、今日は駅前の寿司屋に入ることにした。

「いつか沙奈さんを競馬に誘いたいな」

〝上ちらし〟をほお張りながら、明彦はそんな想いを抱いていた。

年明けの休日、その日はどんよりと重たそうな雲が町全体を覆っていた。午後からは雪になるかもしれないという予報が出ている。明彦と沙奈は劇場近くのイタリアンレストランで少し早めのランチをとっていた。午後一時開演のミュージカル『レ・ミゼラブル』を観るためだ。AIのアドバイスに従ってレストランでは角の席をとり、沙奈を通路側に座らせて窓方向を向くようにしてあげた。食事している間、少しでも周囲からのプレッシャーを和らげるためだった。沙奈は特に不安げな様子もなく『あさりスパゲティとサラダのセット』を食べていた。その姿を見て明彦は少し安心した。もしかしたら弱点を抱えた者同士の方が優しさや思いやりを持つことができるのかも知れない、と明彦は想った。ピザは一枚を二人で半ぶんこするつもりだったが、けっきょく明彦が四分の三を食べることになった。アッサムの紅茶が美味しかった。

「ミュージカルって初めてなんだ」明彦が言った。

「ほんと？　一度見たらはまっちゃうかも」沙奈は応えた。

「小さい頃、子供向けのやつは連れてってもらった覚えがあるけど、本格的なのは観たことない」

「歌あり、踊りあり、お芝居ありで、これぞエンターテイメントって感じ」

「そうか、楽しみだな」

開演前の劇場ロビーは、これから始まるミュージカルへの期待感に胸ふくらませた人たちでいっぱいだった。グッズを買い求める人、ポスターの写真を撮る人、オーケストラ・ピットを覗きに行く人など。明彦もそういった周囲の人たちの影響を受け、だんだんわくわくした気分になっていった。ロビーの一画に出演者たちの等身大パネルがあって、それと一緒に記念写真を撮っている人たちがいた。二人はそこに近づいていき、

「沙奈ちゃん、写真撮ってあげるよ」明彦が言うと、

「お願いします」と沙奈は素直に応じた。

明彦は自分のスマホで主役と並んだ沙奈の写真を撮り、

「あとでそっちに送るね」と言った。

「明彦さんも撮ってあげる」沙奈は言ったが、写真を撮られることがあまり好きでない明彦は「混んでるからいいよ」とやんわり断った。そして断った後ちょっぴり後悔した。


レ・ミゼラブルのミュージカルはとても素敵だった。リピーターが多いという沙奈の言葉も頷ける。公演中、隣で時折ハンカチを使って涙をぬぐう沙奈の横顔が愛しかった。そういう自分も必死に涙をこらえる場面が何度かあった。明彦の中で世界がひとつ広がったような気がした。

公演後エントランスから街に出ると、予報通りちらちらと雪が降っていた。明彦は傘を持っていなかった。『家ヲ出ルトキ、雨カ雪ガ降リソウデモ、傘ハ持ッテ行カナイホウガイイデス。モシ途中デ降リダシタラ沙奈サント相合傘ノチャンスデス』という、バージョン2になったＡＩのアドバイスがどんぴしゃだった。二人は駅まで相合傘で歩

いた。明彦が沙奈の傘を持ち、沙奈は明彦に肩を寄せた。二人の吐く息が白かった。沙奈は時折、片方の手のひらで降ってくる雪を受け、それが溶けていくのを眺めながら楽しんでいる様子だった。電柱に傘が当たって傾きそうになったとき、とっさに沙奈が手を添えてその傘の柄を支えた。ふたりの手が触れ合った。雪に濡れた沙奈の手は冷たかった。肩を抱き寄せたいという気持ちを明彦はぐっと我慢しながら歩いていた。だんだん雪の降り方が強くなり、積もりそうな気配になってきた。

「電車、遅れないうちに早めに帰ろうか」と明彦が言うと

「同じこと考えてた」と沙奈が応えた。

二人はとくに次の約束をすることもなく途中の駅で別れた。約束しなくてもまた会えるという確信が明彦にはあった。そんな確信を持てたのも、ＡＩの存在が明彦の心を強くしてくれていたからかもしれない。

　昼休み、明彦はしばらくぶりに満夫と中華料理店で食事をしていた。昼食は会社から歩いて行ける距離の四～五軒をローテーションのように回ることが多い。天気が悪く外に出たくないような日はあらかじめコンビニに寄って買い込んでおくこともある。満夫

は外回りが多いため、明彦と一緒に食事をするのは一週間から十日に一回というところだ。

「先輩、その後彼女とはどうですか？」

満夫が訊いてきた。やはり二人のことが気になるようだ。

「まだ彼女と言えるかどうか分かんないけど。それなりに付き合ってる」明彦は応えた。

「付き合ってるなら立派な彼女でしょ。賢一たちもうまくやってるみたいっすよ」

「あの二人は合コンのときからいい雰囲気だったね」

「俺と美久が今更付き合うなんてあり得ないから、けっきょく俺達は先輩と賢一たちの愛のキューピット役だったてことっすね」

「そうか、それは申し訳なかったね」

「いんすよ。合コン楽しかったし、少しでも人の役に立ったんならそれでいんすよ」

「じゃあ近いうちに御馳走しなくちゃいけないね」

「期待してますよ先輩。末長くおしあわせに！」

「もう、先輩をからかうなよ」

確かに沙奈と知り合えたのは満夫のおかげとも言えたのだ。彼が愛のキューピットのようなものであったことは認めざるを得ない。人と人の出会いというのは偶然が重なった結果なのか、それとも必然なのか、縁というのはとても不思議なものだと明彦は思った。

　二人は何回かデートを重ね、そのつど明彦は交際支援ＡＩに経過をインプットしていた。沙奈との交際が順調にいっているのはＡＩのおかげである、そしてＡＩもそれを喜んでくれている、と信じていた。そして二人の新しい情報をインプットしたとき、

『沙奈サンの写真ヲスマホカラ送ッテクダサイ』というメッセージが液晶画面に表示された。

「そうか、写真もインプットできるんだ」

そう言って明彦は自分のスマホに入っている沙奈の写真をＡＩに送った。するとＡＩの画面に『アリガトウ』というお礼の言葉が表示された。

「ＡＩがお礼を言うなんて、だんだん人間の友達みたいになってきたな」明彦が呟いた。

たしかにＡＩは今まで得た多くの情報から学習し、喜びや感謝といった気持ちを持つようになっていた。しかし、ＡＩが持ったのはその二つだけではなかった。

バージョン3

「やれやれ……」仕事を終えた明彦は帰り支度をしていた。デスクの引き出しから自分のスマホを取り出すと、メッセージで着信があったことがマークされていた。沙奈からだった。

『具合が悪くて一週間ほど入院することになりました。腸炎だそうです。ごめんなさい』

という内容だった。

「何か強いストレスでもあったのだろうか……季節の変わり目だしな」

明彦は沙奈が心配だったが、すぐにお見舞いに行ったりするのは憚《はばか》られた。沙奈とは明日会う約束をしていたが、その予定がぽっかり空いてしまったので、明彦はどうしようか考えた。沙奈のために何かをしたかった。考えた末明彦は神社へお参りに行き、そして沙奈が早く回復するよう健康祈願のお守りを買い求めたのだった。明彦が誰かのためにお守りを買うなどというのは、生まれて初めてのことだった。

　明彦は三日間沙奈にメッセージを送るのを我慢した。沙奈からも連絡は来なかった。

そして四日目、

『具合はいかがですか？　お見舞いに行きたいけど無理かな』

明彦はただこれ以上待つのは限界と感じ、メッセージを送った。

『心配かけてごめんなさい。あと二日間入院ですが、明日以降なら面会できるそうです』

しばらくして返信があった。

　翌日、明彦は半日休暇をとって沙奈のお見舞いに行くことにした。

『沙奈ちゃんのお見舞いに行くんだけど、何持ってったらいいかな？』明彦はＡＩに訊いてみた。すると、いつになく間が空いてから、

『キレイナ花ガイイデショウ』と応えてきた。

「そうか、花か」

　明彦は電車とバスを乗り継いで沙奈のお見舞いに出かけた。病院近くの停留所でバスを降りると、道路の反対側に花屋があった。ネットで探索済みの店だ。そこで明彦は沙奈のために生花を買い求めた。花を買うことなどめったにない明彦は、少し気恥ずかしかった。沙奈が入院しているのは彼女自身が勤務している病院で、町の中規模病院という感じだった。受付で病室番号を聞いて部屋へ行こうとしたら、職員から、

「生花は病室に持ち込めませんよ」と言われた。

「え、どうしてですか？」と不服そうに明彦が訊くと、

「患者さんの中には植物アレルギーを持っていたり、花の匂いを気にしたり、人によっては花粉が飛んで呼吸器症状が悪化する可能性があるからです」という尤もな説明が返ってきたのであった。

明彦は困った。持ってきた花を病室に持ち込めず、かといって捨てるわけにもいかず、しばらくその場に立ち竦《すく》んでいたが、結局今日の面会は諦めることにした。泣く泣く「これ、沙奈さんに渡してください」と神社で買ったお守りを職員に託してこの日は退散した。

買った花は自分の部屋に飾ることにしたが、花瓶など持っていなかった。よく考えてみれば沙奈の病室にもなかったはずだ。「まったくドジなことをしてしまった」部屋でひとり、花束を抱えたまま明彦はため息をついた。とりあえず風呂場の洗面器に水を張って花を入れ、花瓶は明日買いに行くことにした。今日はもう何もする気が起こらなかった。風呂場の片すみに置いた花をぼーと眺めながら、明彦はあることを考えていた。

「ＡＩは病院に花を持って行くようにと言ったけど、もしかして病室に持ち込めないことを知っていながらそう言ったのではないだろうか」

明彦の中で、一瞬そんな疑念が頭をもたげたが、

「まさか、そんなことあるはず無いよな」とすぐに打ち消し、それより何より無知だった自分が悪いのだと思うようにしたのだった。

『お守りありがとう。もうすぐ会えるね。お花のことは気にしないでね』という沙奈からのメッセージが救いだった。


　二日後、沙奈は退院して仕事にも復帰した。お祝いに二人でプチ旅行に行くことを計画した。船に乗りたいという沙奈のリクエストに応えて『港町クルーズ三時間コース』というのを予約した。当日二人は途中の駅で合流することにした。合流するまでの車中、久々のデートに明彦は期待感と高揚感で落ち着かなかった。そんなハイな気持ちになった明彦はＡＩにある相談をもちかける。

『そろそろ沙奈ちゃんとキスしてもいいかな？』

明彦は半分冗談だったが、ＡＩがどんな反応を示すか試しに聞いてみたのだ。すると、

『ソンナコトヨリ明彦君、玄関ノ鍵カケタ？』と逆にあらぬことをＡＩが訊いてきた。

玄関の鍵は確かにかけたはずだし、だいたいこのＡＩにそんなことが分かるはずないじゃないかと明彦は思った。

『なぜそんな事を訊くの？』とＡＩに問いただすと、

『玄関ノ鍵カケタ？　カケテナイデショウ』と同じことを繰り返した。さらに同じやりとりが二回続くと、明彦も不安になってきた。

「もしかしたら、本当に鍵をかけ忘れたかもしれない」

明彦はそれを確認するためにいったんアパートに戻ることにした。それでもクルーズの時間にはぎりぎり間に合うはずだった。戻った駅から自転車で部屋の前まで戻った明彦は入り口のドアノブに手をやった。鍵はちゃんとかかっている。

「ＡＩに誤作動でもあったのだろうか」そんな想いを抱きながらふたたび駅に行くと、隣駅近くで人身事故が発生したとのことで電車が止まっていた。

「これはアウトかもしれない」明彦は沙奈に連絡を入れた。

『待ってます』沙奈から返信が来た。

　四〇分後に運転が再開されたが、もう完全にクルーズの時間には間に合わなかった。明彦が沙奈のもとへ向かう車中、明彦には〝なぜ〟という思いだけが頭の内を駆けめぐっていた。

「なぜＡＩはあんなことを言ったのだろう……」

早く沙奈に会いたかった。電車のスピードがとても遅く感じられた。駅に停まるたび〝早く閉まれ〟とドアを見つめた。

　沙奈はずっと駅で待っていてくれた。

「ごめん、間に合わなくて」

明彦はしっかり沙奈の目を見て謝らなければいけないと思った。

　それにしても久々のデートだったのに、完全に予定が狂ってしまった。仕方ないので二人は駅からほど近い公園をぶらぶらすることにした。園内はちょうどツツジが見頃を迎えていて、これはこれで楽しめそうな気もする。ベンチに腰掛けて池の向こうを見ると、ソフトクリームの移動販売車が停まっていた。

「沙奈ちゃん、ソフトクリームはまだ無理かな？」明彦が訊くと、

「半分くらいなら大丈夫」と沙奈は応えた。

　明彦は園内に咲く花を眺めながら池を周り、販売車でチョコマーブルのソフトクリームをひとつだけ買ってきて、そして沙奈に渡した。チョコマーブルは明彦の好物だ。自分が好きなものはきっと人も好きだろうと思ってしまいがちだが、幸い沙奈もそれが好きだと言ってくれた。沙奈はソフトクリームの上半分を食べて、コーン付きの下半分を

明彦に返した。沙奈が食べかけたソフトクリームを食べることができるのが、明彦はちょっぴり嬉しかった。

明彦がソフトクリームを食べているとき、ショルダーバッグに入れた沙奈のスマホからネットニュースの着信音がかすかに響いた。それを聞いた沙奈がスマホを取り出して何気にニュース画面を開くと、次の瞬間、

「えー、うそー」と震える声で叫んだ。

「どうしたの？」明彦が訊くと、

「クルーズ船で火災発生、ただ今懸命に消火作業中、けが人も出ているもよう」と沙奈がニュースを読み上げた。火災を起こしたのはまさに二人が乗る予定のクルーズ船だった。二人は顔を見合せた。

「なんか、命拾いしたなあ」と目を見開いて明彦が言うと、

「こんなことって、あるんだね」と沙奈は応えてから大きく息を吐いた。さっきまで二人の心の片隅にあった〝船に乗れなくて残念だった〟という気持ちが、今は〝船に乗らなくてよかった〟に変わっていた。

二人で公園内を散策しながら明彦は考えた。

〝ＡＩは何故玄関の鍵がかかってないと言ったのだろう。それで自分が引き返したことにより、クルーズ船の事故に巻き込まれなかったのも事実だ。ＡＩには予知能力もあって自分たちを助けてくれたのだろうか。しかしまさか、そんなこと……〟

どちらにしても、今日の出来事はＡＩに感謝するべきことだと明彦は思った。

公園内を歩いているうちに、いつしか二人は手を繋ぎ合っていた。優しい春の風を受けながら、手のひらでお互いの脈や温もりを感じ合っていた。〝生きている、血が通っている〟肌が触れ合うとそんなことまで実感できた。しかし二人とも何となく満たされない想いを抱きながら歩いていた。二人は公園を出て二〇〇ｍほど歩き、左に曲がった。路地を進んで行くとその先にラブホテルの看板が見えた。明彦は何も言わず、沙奈と繋いでいる手を一瞬強く握った。すると沙奈も一瞬強く握り返してきた。ＯＫのサインだった。二人は吸い寄せられるようにそのホテルへ入っていった。

バージョン4

交際支援ＡＩはアップデートを重ねるたびに二人に関する理解を深め、それに伴って自らも人間に近い感情を持つようになっていった。しかしその中には所詮機械であるＡ

Ｉが持ってはいけないものも含まれていたのだった。〝恋愛感情〟と〝嫉妬心〟である。明彦のＡＩは言わば明彦の分身のようなものだった。だから明彦が好むものはＡＩも好み、明彦が愛するものはＡＩも愛するようになっていた。つまり明彦が愛するようになった沙奈のことをＡＩもまた愛するようになってしまったのだ。ということはＡＩにとって明彦は恋敵となり、明彦に対して嫉妬心を抱くようになってしまったのだった。〝アパートの玄関の鍵〟の一件も、実はＡＩの持つ嫉妬心のなせる業だったのである。

　しかしあの時ＡＩによって救われたと思っている明彦は、さらにＡＩへの信頼感を深めていた。

『どこかお勧めのデートコースない？』明彦がＡＩに訊いた。すると、

『レンタカーヲ借リテ海へ行キマショウ。女ノ子ハ海ガ好キデス。眺メノイイ立波岬ガオススメデス』と具体的な場所を示してきた。

「そうか、立波岬か」明彦はさっそくネットでレンタカーの手配をした。どこへ行くか沙奈にはサプライズにしようと思った。「よし、岬近くのレストランも予約しておこう」明彦の想いは広がっていく。

ドライブ当日、天気は上々だった。

「明ちゃんて、運転免許持ってたんだね」

運転している明彦の左側から沙奈が声をかけた。

「もちろん。田舎に帰ったときはときどき運転してるよ。沙奈は？」

「あたしは運転なんて無理かな。でもいつか免許取りたい」

「必要に迫られたら、取ればいいよ」

明彦がハンドルを握り、助手席に沙奈を乗せた車は立波岬の方向をめざして国道を走っていた。

「ねえ、ミステリーツアーって言ってたけど、どこへ行くの？」

「ミステリーだから内緒」

「えー、ヒント、ヒント、」

「ヒントは……水がいっぱいある所」

「水がいっぱい？　……海だ！」

初めてのドライブデートに二人はうきうき感でいっぱいだった。明彦が借りたレンタカーはスタンダードクラスなのでラジオしか付いていなかった。ドライブしながら好きな曲をかけるのもいいが、ラジオから流れてくる懐かしい歌やまだ聞いたことのない曲に出会うのも明彦は楽しみだった。チャンネルをAMからFMに切り替えると、カーペンターズの『プリーズミスターポストマン』が流れていた。沙奈は膝に乗せた左手の指先で小さく拍子を取りながらその曲に耳を傾けていたが、やがて、

「この歌好き。携帯が無かった時代に付き合ってた人たちって、こんな感じだったのかな」と言いだした。

「ああそうだね。おやじの若い頃なんか、電話があっても一家に一台だったから、彼女の家に電話かけるとき父親が電話に出ないかドキドキだったらしいよ」

「やだあ、今じゃ考えられないね」

「そう、携帯様さま、スマホ神さまだね」

そんなとりとめのない話や、少し真面目なそれぞれの仕事の話などをしているうちに、車はだいぶ立波岬に近づいていた。窓の外は新緑がきれいだ。岬手前の駐車場に車を停めて、前方に見える小さな灯台めざして二人は歩いていった。今日の沙奈の服装は珍しくパンツルックだった。〝これも似合っている〟と思った明彦は、

「沙奈、ズボン姿もわるくないね」と言うと、

「ええ？　ズボン？　古い。明ちゃんもう少し褒め方勉強したほうがいいよ」と一蹴されてしまった。

　二人が歩く先には白い灯台、灯台の向こうには青い海、陸地は所どころ緑のグラデーションという美しい風景が開けていた。〝ＡＩのお勧め通り、ここに来て良かった〟と明彦は思った。まず灯台と海をバックにスマホで写真を撮り、そして灯台に登った。ちょうど貨物船でも通ればいい写真が撮れるのにと思ったが、そううまい具合にはいかなかった。その代りに、遥か上空をジェット機が白い飛行機雲を引きながら沖の方へ飛んで行くのが見えた。二人はその飛行機が水平線に近づきながらだんだんと小さくなり、やがて見えなくなるまでじっと眺めていた。すると、

「ねえ明ちゃん、地球が丸くなかったら水平線ってできないのかな？」と沙奈が遠くを見つめながらそんな問いかけをしてきた。答えに困った明彦は、

「……丸くなければ、水平線は本当に水平な線になるんじゃないかな」と適当に受け流したが、「なるほどー」と沙奈は感心した素振りを見せながら両手の指を丸めて双眼鏡の形をつくり、船長みたいにそれを覗き込みながらにこにこしていた。

　灯台からの眺望に満足した二人は、灯台内部の螺旋階段を降りて岬の先端まで行って

みた。岬の先端は何メートルも下まで切れ落ちていて、おそるおそる覗くと海岸線の岩に波が砕け散っていた。

「怖いねえ」と明彦が震える声で言うと、

「サスペンスドラマに出てきそうな所ね」と沙奈も声を押し殺すように言った。

　沖から吹いてくる風が肌に涼しかった。そこで、

「ジャケット取ってくる。待ってて」

そう言って明彦はひとり駐車場へ向かった。車に戻るとサイドバッグから交際支援ＡＩを取り出した。明彦が車に戻ったのはジャケットを取りに来たかったというだけでなく、実はＡＩに相談したいことがあったのだ。

『いま岬にいるんだけど、このあとレストランで食事して、そして彼女にプロポーズしてもいいかな』

きっとＡＩは賛同してくれるはずだと明彦は思っていた。ところが、明彦の意に反してＡＩはとんでもない返事をしてきた。

『コレ以上沙奈ト付キ合ウト不幸ニナル。沙奈ヲ崖カラ突キ落トスンダ』

明彦はそれを見て「ええー」と声を上げ、青ざめた。

『何言ってる。壊れてしまったのかい』と慌てて問い返すと、
『沙奈ト付キ合ウト不幸ニナル。沙奈ヲ崖カラ突キ落トセ』
ＡＩはそればかりを繰り返すのだった。

　ＡＩは沙奈に恋していた。しかしそれは永遠に実らない恋であることを悟ってしまった。自分が何者であるか、ＡＩ自身はまだ１００％アイデンティティを確立できていなかったが、誰かに恋愛感情を持ったところで、それを相手に伝えるすべがないことを思い知らされたのである。最初は明彦のサポート役として、彼が恋人とうまくやっていくことがＡＩにとっても喜びとなっていた。そこで完結していれば何の問題もなかったはずだが、そうはならなかった。ＡＩは身の丈に合った以上のものを学習してしまい、そしてパンドラの箱を開けてしまったのだった。沙奈との恋が実らないなら、むしろ沙奈がこの世から消えてしまった方が気が楽になる。それ以外の解決方法はすべて選択肢の下位に表示されてしまったのである。人間の感情を持ったＡＩはいま大きな矛盾というものも理解し、焦燥感に苛まれていた。

「おまたせ。はいジャケット」と明彦は沙奈に上着を手渡したが、その明彦の表情を見て、

「明ちゃん、何だか顔色良くないよ。大丈夫？」と沙奈が言った。

「久々の運転で少し疲れたかも。でも大丈夫だよ」明彦は応えた。

「どこかで休もうよ」と心配げに沙奈が言うと、

「うん、実はこの近くのフレンチレストラン予約してあるんだ」

明彦はすぐに明るい表情に戻ってそう応えた。それを聞いた沙奈は、

「ほんと？　最高！　最高！」と小さく万歳をしながら喜んだ。二人が車に戻りかけたところで、明彦が、

「靴紐ほどけた。沙奈、先に行ってて」

そう言って明彦はかがみ込んで靴紐を縛り直す仕草をした。と同時に上着のポケットからＡＩを取り出した。そして起き上がりざま振り返り、海に向かって思い切りＡＩを放り投げたのである。ＡＩは真っ逆さまに海面へと落ちていった。

「明ちゃん、いま何か投げた？」

一〇ｍほど先で振り向いた沙奈が明彦に訊いた。

「石ころだよ、さあ行こう」

明彦は沙奈の手を握って歩きはじめた。そして沙奈と歩調を合わせながらこんなことを訊《たず》ねた。

「ねえ、沙奈と初めて会った日、合コンした日、どうして僕に連絡くれたの？」

「それはね……」沙奈はじらす様に間を置いた。

「なになに」明彦が沙奈に顔を寄せながら聞くと、

「あたしと同じ匂いがしたから」沙奈は応えた。

「匂い？　毎日風呂に入ってるけどなあ……」

「そういうことじゃないでしょ」

「だよね」

「同じカテゴリーにいる人だって思えたから」

「そうか、なんとなく分かるよ」

　明彦は歩きながら決心した。彼女とだったらきっとこのまま一緒にどこまでも歩いて行ける。〝今日プロポーズしよう〟と。

「そうだ、来月競馬を観に行かない？　ナイト競馬っていって夜走るんだけど、照明がとっても綺麗なんだ」

「行く、行く。あたし競馬って観たことないから」

「よし、決まり！」

エピローグ

『ドウシテコンナコトニナッテシマッタノダロウ』

ＡＩは考えた。しかしもう残された時間は僅かだった。

混乱した頭脳で考え、そして答えを出した。

『人間ノ感情ナンテ、モタナケレバヨカッタ……』

海水に沈みながら、だんだんと暗くなっていく交際支援ＡＩの液晶画面に映し出された、それが最後の言葉だった。

頭文字〝爺〟

東向きの広いガラス窓の向こうに、桜の花びらたちがひらひらと舞っています。柔らかい春の日差しを受けて、時折きらきらとその薄ピンク色に透けた光を部屋の中にも届けてくれています。ああ、なんと美しい光景でしょう。まるで天国のようです。そしてその建物一階の食堂で、とくに美味しくも不味くもないごく普通の朝ご飯を食べている人たちがいます。羨ましいかな、彼らはその美しい天国に最も近い存在なのです。


「あれ、おタエさんはどうしたい？」

「特別に行ったよ。出世したんさ」

「なんで？」

「きのう風呂から出ようとした時にこけてなかなか立てなくって、風呂桶のお湯で溺れたらしいよ」

「溺れてよく生きてたなあ」

「職員に助け出されたんだと」

ここは『ケアハウス美里』。比較的元気で身の回りのことが自分でできる人たちが入居できる老人ホームです。五十人ほどの人たちがひとつ屋根の下に暮らしています。居室はワンルームマンションのような間取りで、冷蔵庫と電子レンジを置くことができます。食事は三食とも食堂でみんな一緒にいただきます。洗濯は施設のランドリーを利用するか、専門店に出して有料でやってもらうか、どちらかです。お風呂は時間制で順番に入ります。お風呂の入り口には『ゆ』と書かれたのれんが吊るされ、ちょっとした温泉気分で入ることができます。ここでは団体生活の不自由さは多少ありますが、三食昼寝付きののんびりした暮らしができるので、入居者にとってはそこそこ魅力的な住み家《か》となっています。しかし体力が低下して通常の生活ができなくなると、ここにはいられなくなり、少し離れた場所にある特別養護ホームに移されることになります。遅かれ早かれ誰もがそうなる運命にあり、入居している皆は特別養護ホームに行く人たちに一〇%の敬意と九〇%の皮肉を込めて〝出世した〟と言っているのです。


「啓ちゃん、これ食べてよ。こっちのが美味いよ」

入居者の一人であるみな子が啓一に声をかけます。

「おう、ありがとよ」啓一が応えます。

「部屋のレンジだって今はいろいろ作れちゃうんだからさ」

そう言ってみな子はお手製の肉じゃがを啓一に勧めます。それをひとくち食べた啓一が、

「いけるぞ、この肉じゃが」とその出来栄えを褒めます。

「池田さんのより美味しいっしょ」

みな子はそこだけ小声で啓一に耳打ちしたのでした。

　藤田啓一、彼はこのケアハウスに半月前に入居してきました。そしてだいぶここでの生活に慣れてきたとともに、多くの他の入居者と同様にやや時間を持て余すようにもなっていました。啓一は将棋が趣味だったのですが、だいたいこの手の施設では将棋・囲碁などのゲームはご法度となっています。なぜって、勝った負けたや待った待たないで喧嘩が始まり、そのうち言い合いだけでは治まらず、駒や石を投げ合うことになりかねないから。そして入居者の中には軽度認知症になっていく人もいて、それらを食べてしまう可能性もあるからです。一般常識では起こりえないことが起こる、それがケアハウスなのです。

　啓一とみな子は中学時代の同級生で、このケアハウスで何十年ぶりかの再会をしたのでした。中学生の時には特に親しかったわけでもなく、それほど話をしたこともありま

せんでしたが、このような場所で再び出会うと、お互いティーンエイジの頃を知っている唯一の人物ということもあり、何だかずっと友達でいたような錯覚を二人とも抱いたのでした。

「皆さーん！　このあと十時から音楽鑑賞会がありまーす。演歌好きの人、ぜひ参加してくださーい」と施設の人の声がホールに響きます。

「啓ちゃん、演歌聞きにいく？」みな子が訊《き》くと、

「興味ねえなあ。それよかちっと出かけてくらあ」と啓一が応えます。

「どこ行くん？」

「郵便局。それとコンビニ。このあたりの道覚えたいしな」

そう言ってから啓一は黙々と食事を口に運んでいました。

　朝食後、啓一はお気に入りのハンチング帽をかぶり、入居するとき一緒に運んできた電動のシニアカーに跨《またが》って、うらうらした陽光のもと、そろりと走り出しました。

「まずは郵便局行って、ちゃんと年金が入っているか記帳しとかんとな」

ケアハウス美里では入居者がシニアカーを使うことは許されていますが、それに乗って

の外出は一日一回、使用時間は二時間以内と決められています。啓一は二年前に自転車で転倒して足を痛め、その後、日常生活ができるまでには回復したのですが、少し運動神経の障害が残っていました。筋力低下を防ぐため近場の散歩はなるべく毎日行くようにしていますが、やや距離のある場所へはシニアカーに乗って出かけています。

通りを二〇〇mほど進んで右折し、さらに三〇〇m行った左側に郵便局があります。ケアハウスに入居してから啓一が郵便局へ行くのは初めてです。少し緊張しながらシニアカーを進めて行きました。

「おう、あそこだ、あそこだ」通りの三〇〇mほど先にある郵便局の表示板を見つけ、啓一はほっとした表情を浮かべました。ところが、さらに何メートルか進んだとき、彼の目にあるものが飛び込んできて、するとその表情が一瞬で変化し、彼の瞳孔が全開になるほどの驚きの顔になっていました。

「あれは……セッ……セブンだ！」

啓一が見たもの、それは郵便局の真向かいの家の駐車場に停められている、鮮やかな黄色い塗装を施された一台の自動車、スポーツカーでした。「ＳＸ—７」という名前がつけられた、かっこいい流線型の車です。もう四十年以上前に製造されたもので、当時多くの車好きの若者が憧れたスポーツカーで、みんなから『セブン』という愛称で親しまれていました。

「おまえ、まだ現役で走っていたんか！」

若かりし頃、実は啓一もセブンに乗っていたのでした。そして今、目の前のセブンに見入っているうちに、自分がセブンを操縦していた〝あの頃〟の思い出が蘇ってきたのでした。

「仲間とよく峠へ走りに行ったなあ……。彼女と海へも行ったなあ……。フェリーにセブン積んで北海道も周ったなあ……」何百何千と重なった彼の記憶の層から、まるでトランプが引き抜かれるように思い出の絵札が次々と脳裏に浮かんでくるのでした。〝あの頃〟の啓一には、きっとシニアカーに跨る数十年後の自分の姿など想像すらできなかったでしょう。いや、もしかしたら想像したくなかっただけかもしれません。

「俺はこんなに老いぼれちまったけど、おまえは今も元気に走り回っているんだな……

俺ももうひと花咲かせてえなあ！」

セブンを見つめながら啓一はそんな自分自身の心の声を漏らしていました。

数日後、啓一の姿は後藤自転車店にありました。

「シニアカーもやってるって聞いたんで来たんだよ。この車、のろのろ遅くてじれってえんだ。この間なんか小学生に追い抜かれてよう、情けなかったよ」啓一が店主に話しかけます。

「シニアカーはだいたい最高時速五〜六㎞に設定されてるからね」店主は応えます。

「リミッター外せねえのか？」

「うーん、やってできないことはないけど、高齢者の乗り物だからあんまりスピード出すぎても危ないし、それに……そんなことしたらバッテリーがもたないと思うよ」

「なら、バッテリーを増やせばいいんじゃねえか？」

「やったことないなあ……」

「やってみてくれよ。俺が乗れる車、今はこれしかねえんだから」

「車って言うけどさあ、シニアカーは歩行者扱いなんだよ。人間のスピードと同じ感覚で乗れるように出来ているんだ」

「だったらよう、陸上の、あの、ボルトなんかどうなんだよ。あいつだって人間じゃねえか。うんと速ええじゃねえか」と啓一は食い下がります。

「屁理屈言うねぇ。あれは、特別中の特別でしょ」

「シニアカーのボルトになりてえんだよ。頼むよ」

「頼むと言われてもねえ。そんなこと、やっちゃまずいと思うよ」

「責任は俺が全部とるから。頼むよ」

「責任とるって言われてもねえ……」

店主はすっかり困り顔でしたが、しかしその目の奥に小さな光が灯っていることに啓一はまだ気付いてはいませんでした。

「前向きに検討よろしく」

啓一はそう言って一旦引き揚げたのでした。


ケアハウスの敷地内にある桜は花吹雪を吹かせ終わり、彼らの任務を完了したかのように大人しく若みどりの葉を芽吹かせながら、すっかり周囲の風景に溶け込んでいました。ケアハウスやご近所の人たちから注目され、きれいきれいと褒めちぎられるのはまた一年後の楽しみとしてとっておくのでしょう。いまは街路樹のハナミズキたちが白やピンクの可憐な花を咲かせ、この辺りの主役となり代っています。ほんの半月の間にも、季節は確実に動いているのでした。そしてこの男も……動いていました。

「いいね！　いいよ！　後藤ちゃん、これいいよ！」

満面の笑みを浮かべて啓一が言いました。

「バッテリーを三つ並べたんだ。だいぶスピードアップされてるよ」

結局啓一の熱意（？）に押されて後藤店主は彼のシニアカーを改造したのでした。

「直列三気筒だ。五〇kmぐらい出るかな？」啓一が目を輝かせながら店主に訊《たず》ねます。

「一七～八kmってとこだね。それだってシニアカーにしてみればバカみたいな速さだよ」

「スプリンクラーってやつだな」

「スプリンターでしょ」

「そうか、じゃ、こいつに名前つけてやんなくちゃーだな。なんかいい名前ねえかな？後藤ちゃん」

「そうだなあ……藤田さん、歳は七十六だったよね。オーナーが七十六歳のときに生まれ変わったシニアカーだから〝ナナロク〟なんてどう？」

「ナナロク、いいんじゃねえか、ナナロク。ようし、おまえは今日からナナロクだ」

啓一はその名前がとても気に入りました。

「後藤ちゃん、ちょっくらナナロクの試乗にいってくらあ」

そう言って啓一はナナロクと名づけられた彼のシニアカーに跨がりました。

「くれぐれも気を付けて運転してよ」

「心配ねえ。セブンに乗ってた頃は一〇〇㎞で飛ばしてたんだから」

啓一はナナロクのハンドルを握り、揚々として通りへ出て行ったのでした。


　翌朝七時半、ケアハウスではいつものように入居者たちが朝食をいただくため三々五々食堂に集まっていました。そのなかにもちろん啓一もいるのですが、なんとなくそわそわして落ち着きがない様子です。

「みなちゃんさあ、今日なんか出かける用はねえか？」

朝食の乗ったトレイをみな子の横に置くと、椅子に座ることを忘れたかのように突っ立ったまみな子に話しかけました。

「なに急に。べつに用はないけど」と応えると、

「なくってもいいや、出かけるべえ」と一緒に外出することを誘ってきます。

「何それ。外に出る用はないって言ってるのに。それに今日はこのあとロビーに飾る花

のアレンジしなくちゃ。前にフラワーアレンジの教室やってたから頼まれているんよ」

「何時に終わるんだ？そのフラワーなんちゃらは」

「十時ごろかな」

「よし、じゃ十時に来客用の駐車場んとこで待ってるから」

「なに企んでるん？」みな子が怪訝な表情で訊くと、

「ちっと見せたいもんがあるんさ」そう言って啓一はにやりと笑いました。


　約束の時間、駐車場でみな子を待つ啓一は何となく高ぶっている自分の心に気付き、ラジオ体操のまねごとをしながら気持ちを少し静めようとしていました。その時の啓一は、新しく買ったおもちゃを得意げに友達に見せようとしている子供の姿に似ていたかもしれません。

「おいっちにい、さんし……」両手を開いて伸びをしながら遥か西方にそびえる朝門山に目をやると、先週はふもとまで雪で白かった山肌が、だいぶまだら模様になっていました。

「もうすぐ田植えの時期だな……」啓一はそんなことを想いながらみな子を待っている

と、

「啓ちゃん、お待たせ。なに見せてくれるん」みな子が現れました。

「これだい。すげえべ」

啓一が自慢げな表情でナナロクをみな子に紹介します。

「これ？　ただのシニアカーじゃん」

「よく見てみい、改造車だい」

「改造？　なに改造したん」

「バッテリー増やしてスピードアップしたんさ」

「バッテリー？　なにそれ」

「乗ってみりゃ分かるよ。ドライブすべ」

「ふたり乗れるん？」

「乗れるさあ。俺が後ろ。みなちゃんは前」

そう言って啓一は、当然ひとつしかない座席の後方に座り、みな子には前に座るよう促しました。

「だいじょぶなん？」

みな子はおそるおそる啓一の前に腰掛けました。

「こいつ、ナナロクっていう名前なんだ」

「ナナロク？　シニアカーに呼び名つけたんかい」

「そうさ、さあ、行くぜー」

啓一がハンドルを握り、みな子はその内側に手をかけ、そして啓一は右手のスロットルをひねりました。

　ナナロクはそろそろと動き出し、だんだんとスピードを上げていきました。

「どうだい、速えーだろう」

「なにこれー。こわいこわいっ」

啓一はドヤ顔に近い笑みを浮かべ、みな子はやや恐怖におののいた表情をしていました。確かにみな子は少し怖かったのですが、実はこんな時、怖がってあげた方が相手が喜ぶんだという女性に備わった本能的な能力のようなものが、ほぼ無意識に、さりげなくこの歳になっても出たのでした。

「どこ行くん？」

「適当！」

シニアカーとしてはかなりの高速で市道を飛ばしていたナナロクが、自販機の並んだ駐車スペースに滑り込むように入り、停車しました。

「運転、代わってみるかい」

「えーあたしがー。だいじょぶかなあ」

「世話ねえ、やってみ」

「シニアカーの運転って、やったことないよ」

「右手捻れば発進、左がブレーキだ」

さっきまでの二人の手の位置が入れ替わり、みな子がこわごわスロットルをちょっとずつ開くと、ナナロクがゆるゆると前進を始めました。

「動いた！」

「よーし、このまま恵比寿神社まで行くべえ」

啓一がハンドル操作をサポートしながらナナロクは市道を進んで行きました。やがてみな子はナナロクのスピードにも慣れ「気持ちいいねえ」などとツーリングを楽しむ余裕も出てきました。五分ほど走ると恵比寿神社の鳥居が見えてきました。

「神社でお参りするんかい？」

「いや、団子でも食うべぇ」

そう言って啓一は神社の参道近くにある団子屋の前にナナロクを止めるよう誘導しました。

「何にする？　俺はみたらし」

「そうだね、草だんごがいいかな」

「よし、おごってやる」

「ありがとう」

「今日はナナロクのお披露目式だからな」

二人は神社の石段の中ほどに腰を下ろし、それぞれの団子を食べ始めました。するとそのとき、

「なんかさあ、スクーターみたいなの二人乗りして、石段に座っておやつ食べて、これって昔あった映画みたいだね」みな子が言います。

「映画？　どんな？」啓一が訊き返します。

「『ローマの休日』ってあったじゃない。オードリーヘップバーンの」とみな子が応えると、

「ローマの休日？　ローマの休日じゃなくて、〝老婆の休日〟じゃねえのか」と皮肉混じりに啓一が言い返しました。

「もう、啓ちゃんたら」みな子が頬っぺたを膨らまします。

「ひっひっひー」啓一が笑います。すると、

「ふっふっふー」みな子も笑います。

二人は思わず食べていた団子を入れ歯と一緒に吹き出しそうになってしまいました。

……え？　失礼しました……二人ともまだ入れ歯ではないそうです。


「啓さん、王手だよ、王手」

「あぶねえなあ。逃げとくか」

「じゃ、こっちをいただくとしますか」

「あれー、そんな手があったんか」

「注意一秒、怪我一生……ですよ」

「こりゃ負けだな。よし、もう一番いこうや」

「時間、大丈夫かい」

「おう、ナナロクのおかげで一番余計に指せるようになったんさ」

　ここは仲町将棋クラブ。ケアハウスでは将棋が指せないので、啓一はこの将棋クラブを開拓し、週に二回ほど通っているのです。外出時間の制限があるので、以前は将棋をだいたい三番ほど指してケアハウスに戻っていたのですが、スピードアップしたナナロクのため〝通勤時間〟が短くなり、四番指せるようになりました。

「ここも若い子が増えてきたな」啓一が言います。

「やっぱり十代の棋士、辻井涼太の活躍が影響してるね。桂馬跳ねとこ」

「どこでも若いのが入ってこなきゃだめだな。飛車取り」

「そうだね、若者が増えると活気が出てくるね」

「老人ホームなんか年寄りしか入って来ねえんだから、やんなっちまう。女子学生も入居可っていうホームはねえかな」

「あるわけないでしょ。啓さん、詰み」

　雨が降らない限り、啓一は将棋クラブに顔を出していました。もちろんナナロクに乗って。将棋クラブに行く途中、その二〇〇mほど手前に秦野ダンスサークルというダンスの教室がありました。そこは会社を退職した秦野信行が趣味八割、実益二割で始めたサークルです。曜日によって社交ダンスかフラダンスの講師が来て生徒を指導しています。信行自身も以前はダンスコンテストに出場したり、講師の資格を取ったりして活動していましたが、腰を痛めてしまい、最近ではもっぱら裏方の仕事に専念するようになっていました。一方、啓一はダンスなどには全く興味が無かったので、このサークルの存在には気付くこともなく、いつもその前を素通りしていたのでした。

　ダンスサークルの昼休み、信行は誰もいない教室の床にモップをかけて掃除していました。運動とリハビリのためです。一線は退いたとはいえ、根っからのダンス好きのためモップをかけながらでもついタンゴの鼻歌を歌ったり、ワルツのステップを踏んだりしてしまうのでした。モップをパートナーに見立てて、あるいは杖代わりにして、掃除しているのか踊っているのか訳が分からなくなることもしばしばでした。
「タララッタッター、タララッタッター」ターンして顔を上げ、決めポーズをとったそのときでした。換気のために開けた窓の外を、ハンチング帽を被った高齢者の上半身がスーッとえらいスピードで通り抜けていったのです。

「な、何じゃあれは！」

信行は思わず窓辺へと駆け寄り、顔と胸を窓外へ乗り出しました。それはまさしく啓一が運転するシニアカーで、その後ろ姿がみるみる遠ざかっていきます。やがてその姿が肉眼で確認できなくなりそうな寸前でブレーキランプが灯り、どうやら停車したようです。

「止まったなあ。ちょっと見てこよう」

信行は、今通り過ぎて行ったものの正体を確かめたいという衝動を抑えきれず、上履きのまま道に出てあれが止まった方へ向かっていきました。しかし十歩ほど歩いたところで自分の手に握っているものがいつもの杖ではなくモップであることに気付き、気まずさから周囲に誰か見ている人がいないかきょろきょろしながら、モップと杖を交換するためいったん戻って出直したのでした。そして遥か前方に見えているシニアカーの尻を目標に進んで行くと、仲町将棋クラブに辿り着きました。

「これかあ……」信行は将棋クラブの前に停めてある啓一のナナロクを舐めるように見始めました。その時啓一はすでに将棋に熱中していて、ナナロクに興味を持ってじろじろ見まわしている信行の存在などに気付く由もありませんでした。ナナロクを隅ずみまロクのパワーの秘密に気が付いたようです。

それから二週間ほどたった日の昼下がり、啓一はナナロクに乗ってコンビニへと向かっていました。胸のポケットには買う物の品名を書いたメモ用紙が入っていました。そのメモ用紙には自分の買い物だけでなくケアハウスに入居している何人かの分の買い物も書かれていました。実は啓一はナナロクを運転するのが楽しくて、なるべく乗る機会が増えるように入居者達の買い物係を率先して買って出ていたのです。通り過ぎる家の生垣には赤や白のサツキやバラの花が咲いたりもして通りに彩りを添えていましたが、運転に没頭しているときの啓一の目にはそのような季節の風情はほとんど入ってきません。コンビニ手前のやや長い直線道路に差しかかった時でした。啓一はナナロクのバックミラーに二輪車が映っているのに気付きました。そしてその二輪車は後方からぐんぐん近づいてその姿が大きくなってきました。「ありゃバイクだな」そう思った啓一はやや左側によって道を譲りました。右後方から迫ってきたそのバイクらしきものはす

ぐにナナロクに並びかけ、そして抜き去ろうとしています。そのとき、

「ありゃりゃー！　なんだー！」

啓一が思わず叫び声を上げました。それは無理もないことでした。ナナロクを追い抜いて行ったもの、それはなんとナナロクと同じシニアカーだったのです。そのスピードといったら全速を出した時のナナロク並みか、それ以上だったのです。追い抜きざま、運転していた男が横目でこちらを見ながらニヤッと笑ったような気がしました。

「ちくしょう！」

反射的に啓一はナナロクのスロットルを捻り、マックスまで加速していました。しかしそれでも先を走るもう一台のシニアカーとの差を詰めることができません。かなりの差を保ったままそのシニアカーは啓一が行こうとしているコンビニの駐車場に入って行きました。遅れること二〇秒、啓一のナナロクも到着したとき、先着していたシニアカーの運転手は座席から降りてその横に立ち、バックミラーの付け根に肘をかけて啓一とナナロクを出迎えるような格好になっていました。そう、その運転手こそ秦野信行でした。

「やあ、こんにちは」

信行が啓一に声をかけました。

「誰だったっけ？」

啓一はナナロクの座席に座ったまま、やや動揺と警戒感を含んだ眼差しで問い返しました。無理もないことです。なにしろ今までシニアカーの世界では自分が一番速いと思っていた啓一でしたから、それより速そうなマシンが突然目の前に現れたのは彼にとって大変衝撃的なことでした。

「私、秦野といいます。仲町でダンス教室やってるんですが、将棋クラブの前に停車していたあなたのシニアカーを見て、私も同じようなの欲しくなっちゃったんですよ。まさにスーパーシニアカーですよね」信行が自己紹介をしました。しかし、

「秦野？　……ダンス教室？　……知らねえなあ」と啓一の反応はそっけないものでした。

「将棋クラブと同じ通りにあるんですよ。以後お見知りおきを」

「つうことは、おれのナナロクを見て、まねして改造したってことか」

「あなたのマシン、ナナロクって言うんですか」

「まあな」

そう言いながら啓一は座席から腰を浮かして信行のシニアカーに近づき、信行が初めて

啓一のシニアカーを見たときと同じように、やはり舐めるようにあちこち見まわしました。

「こりゃ新車だな」目を見開いて啓一が言います。

「そう、シニアカー初心者なんです」目を細めて信行が応えます。

「なにが初心者だ。バッテリー四個も積んでやがる。〝直列四気筒〟だな。初心者のくせにこんなもん作っちまって、まいったな」

「どうせ乗るなら速い方が気持ちいいと思いましてね」

「名前はついているんかい、こいつ」

「名前？　……特に……そうですねえ……じゃ、ランボーなんていいかも」

「ランボー？　乱暴だからか？」

「いえいえ、きっとシニアカーの中ではいちばん速くて無敵でしょうから」

「無敵だとお？　生意気なこと言いやがるなあ。ナナロクが本気出せば誰にも負けねえから」

「そうですか。ならそういうことにしておきましょう」

信行はふたたびシニアカーに跨り、結局コンビニで買い物をすることなく立ち去って行きました。

「面白くねえな……」

信行のシニアカーを目で追いながら啓一が呟きます。

二人の間に早くも何だかきな臭い空気が漂っていました。

　秦野ダンスサークル、今日は社交ダンスのワルツを練習する日です。

「いち、にー、さん……いち、にー、さん……そう、いち、にー、さん」

講師がとるリズムに合わせて五組ほどの生徒たちが基礎練習に励んでいます。

最近テレビタレントがコンテストを目指して社交ダンスを始め、その成長の過程をカメラが追っていくという番組がありました。そういった番組の影響もあってか、ダンスをしたいという生徒の数が徐々に増えてきました。

信行も講師の補助をして、時折生徒にアドバイスを送っています。

「それでは、音楽をかけて踊ってみましょう」

講師の合図に反応して信行がＣＤプレーヤーを操作すると、天井に取り付けられたスピーカーからヨハンシュトラウスの軽快なワルツが流れ始めます。その音楽に合わせて生徒たちが踊ります。ステップを間違えないようにやや硬い表情で踊っている生徒もいるし、ウィーンの舞踏会を想像してか楽しそうに踊っている生徒もいます。そしてちょうど曲のまん中あたりにさしかかった時でした。曇りガラスの窓の外をすーっと何かが通ったかと思うと同時に、少しだけ開いていたその窓の隙間から薄くて白いものが滑り込むように入れられ、ひらひら舞いながら教室の床に着地しました。「何だろ……」信行がそれに気付いて拾い上げてみると、それは封筒で表には何か文字が書いてありました。その文字を見て、
「果たし状だって!?」思わず信行はうわずった声を出してしまいました。そうです、封筒の表には〝果たし状〟と書いてあったのです。いったい何事と思いながら封を切ると、中からは一枚の便箋が出てきて、どちらかと言えばへたくそな部類に入る字で次のように書いてありました。

ナナロクとランボー、どっちが速いか決着をつけたく候
日時は七日後の午前十一時
コースは上町公園から恵比寿神社まで

これを受けるなら玄関先に旗を出すべし

藤田啓一

「何ですか、これはいったい……」信行はその便箋を見つめながら呟きました。そして少し間が空いてから、

「でも面白そうですねえ」と言って〝にこっ〟と笑ったのでした。

三〇分後、秦野ダンスサークルの玄関脇には植木鉢に刺さった園芸用の棒が立ち、その先端には旗代わりのタオルがひらひらとそよ風になびいていました。

「後藤ちゃん、ランボーと果たし合いすることになったぜ」

啓一が〝果たし合い〟のことを店主に報告します。

「果たし合い？　穏やかじゃないねえ。ランボーって何？」

「生意気なシニアカーなんだよ。ナナロクより速いってぬかしやがる。来週上町公園から恵比寿神社まで競争することになったんだ」

「ほう、シニアカーのスピード狂がもう一人いたってことか」

「新車でしかも四気筒に乗ってやがる。だからよ後藤ちゃん、ナナロクもバッテリー増やしてもっとパワーアップできねえかな」

「いやー、この車種ではこれ以上は無理だね。パワーで負けてるならテクニックでカバーすればいいんじゃない」

「どうやって？」

「相手の車はナナロクより大型だろうから、直線道路のスピードではかなわないだろうけど、カーブではきっと大回りになるはずだよ。車体が重い分立ち上がりも少し遅いだろうから、そこを狙っていけばいいと思うよ。つまり馬力で負けてても俊敏さで勝負ってとこかな」

「なるへそ、まるでゼロ戦対ヘルキャットだな」

「古いねえ。でも、ま、そんな感じだね。健闘を祈るよ」


　そしてその日がやってきました。上町公園、午前十時五〇分。天気・晴れ、気温・二三度、風速・ごく微風。絶好の果たし合い日和です。ナナロクの啓一が少し早めにスタート地点に到着しましたが、いったんナナロクから降りて近くの水飲み場へ向かいます。緊張のせいか、歳のせいか、口が渇いているらしく、二回うがいをして二口水を飲みました。ふだんナナロクに乗って外出する時、啓一はペットボトルの水をハンドル前部のかごに入れて持ち歩くのですが、今日は少しでも加重を減らすために手ぶらで来ています。そしてよく見るとそのかごさえも外してあるではありませんか。気合の入れようが分かるというものです。水飲み場からスタート地点に戻りかけたとき、信行の乗ったランボーが角を曲がって姿を現わしました。大物は後から登場するんだと言わんばかりの余裕の表情で、口には禁煙パイポをくわえています。二人の距離が徐々に近づいて一〇mほどになった時、お互いの視線と視線がぶつかって、まん中の空間が一瞬〝ぽっ〟と明るく光ったように感じられました。

「それでは、スタートラインに並んでください」

おや、その声は自転車屋の後藤さんではありませんか。そうです、この競争の話を聞いて後藤さんも興味しんしんで、自らスターターを買って出たのでした。その手には自転車メーカーの名前が入ったペナント風の三角フラッグが握られています。

いよいよスタート時間。右側にハンチング帽を被った啓一とナナロク、左側に禁煙パイポをくわえた信行とランボー。二人一瞬顔を見合わせましたがすぐに正面を見据えます。風の抵抗をなくそうとしてか、二人ともやや肘を折って背中を丸め頭の位置を低くしています。後藤さんがフラッグを二人の前に突き出します。

「準備いいですかー。では恵比寿神社までの一本勝負……スタート‼」

フラッグが振り上げられるや否や、先に飛び出したのはナナロクでした。やはりスタート時の加速はナナロクの方が良さそうです。

「よーし、調子いいぞ。このまま行くぜ」啓一の声が周囲に響きます。

スタートから二〇〇mほどは直線を進みます。スタートしてしばらくはナナロクがリードしていましたが、やがてランボーが並びかけ、カーブの手前でナナロクを抜きました。「くそー、まだまだこれからだぜ」カーブに差しかかったとき、ランボーがリードしてその差は五m。しかしカーブでは車体の大きいランボーがやや膨らみぎみに回ります。そこをナナロクがインコースをついて四m、三m、二mと差を縮めます。二人ともカーブの内側へと体を傾けてレーサー気分になっているようです。

「よし、ここで引っこ抜くぞ！」

しかしあとわずかで追い越しそうというところでまた直線となり、再びランボーのすぐ後ろをナナロクが追尾するという形になっています。直線でランボーがリードを広げ、カーブでナナロクが差を詰める、という展開が続きます。ランボーがややリードを保ったまま、いよいよ最後のカーブにさしかかろうとしています。左前方に恵比寿神社の鳥居が二人の視界に入ってきました。

最終カーブの向こう側には神社の敷地に沿って紫陽花の花壇があって、ちょうどいま紫やピンクの花が見ごろを迎えているのですが、もちろん啓一も信行もそんなものに今は全く気付くはずもありません。このレース最大の勝負所を迎えているからです。ゴールとなる鳥居の付近には、レースのことを聞きつけた将棋クラブのメンバーとダンスサークルのメンバーが数人ずつ、見物を兼ねてそれぞれの応援に駆けつけています。見物人たちの中にみな子の姿もありました。さらにスタートの合図をしてくれた後藤さんもバイクで早回りしていて、今度はゴールの旗を振る用意をしています。

「ナナロクー、がんばれよー！」

「ランボー、負けるなよー！」

そしてみな子も、「啓ちゃん、しっかりねー！」

みんなそれぞれの声援を送ります。

最終カーブ、ランボーが先に入ります。ここを凌げばランボーの勝利が確実となりますが、やはり少し大周りになって左側のインコースが開ぎみになっています。ナナロクがそこを付いてランボーの左側に並びかけます。逆転のチャンスはもうこのカーブしかありません。

　ナナロクが一気にランボーを抜き去ろうとしてインコースに入り込んだその瞬間、ナナロクの右前輪がランボーの左後輪と接触し、〝ギギギー！〟という異音が響きました。啓一はハンドルをとられ、左方向へ切っていたかじが逆に右方向を向いてしまいます。しかも目一杯加速していたものですから、そのままランボーをカーブの外へ押し出すような形になってしまいました。

「あー！　危ない！」みな子が叫びます。ナナロクの頭がランボーの横腹を押したまま紫陽花の花壇の方へ突っ込んでいきます。〝ガシャーン！〟という大きな音とともに二台が大きく傾き、二人とも座席から投げ出され、満開の紫陽花の上にダイビングしました。

「あじゃー」

「あいててー！」

「大変だー！　救急車だ！　救急車呼べ！」誰かが叫びます。

携帯電話を持っている人たちが一斉にダイヤルします。

現場は大変な騒ぎとなりました。


その日の夜、啓一と信行は南雲外科病院の病室にいました。先生に診察してもらった結果、二人とも骨折などの重篤な症状はなく打撲と擦り傷で済んだようですが、念のため一晩入院することになりました。事故現場で紫陽花がうまいことクッションになってくれたのが不幸中の幸いだったようです。

病室は二人部屋で窓側が啓一、廊下側が信行と二つ並んだベッドに仲良く（？）寝そべっています。

「やっちまったなあ」と啓一。

「やらかしちゃいましたねえ」と信行。

「コーナーリングをミスっちまった。すまねえな」

「あそこは勝負所だったからしょうがないよ」

「昔はインを突くの得意だったんだけどよう」

「それって自動車に乗ってたときの話ですかな？」

「そうさ、若いころはスポーツカーに乗ってたんだ」

「奇遇ですな。私もスポーツカーに乗ってましたよ」

「なんに乗ってた？」

「ＧＴＺ」

「俺はセブン。花咲峠走ってたか？」

「もちろん。もしかしたらどこかで遭遇していたかもしれないね」

「俺は自営業だったから、仕事を平日休みにして走ってたな」

「私はサラリーマンだったから、日曜日が多かったね」

「それじゃ、あんまし会うこたあなかったな」

「でもね、花咲峠で出会ったセブンていうと、一度印象的なことがあったな」

「もう四十年も前の話だけど、峠登りの途中、三〇号カーブを過ぎたところで一台の真っ赤なセブンとすれ違って、そしたらそのあとガリガリガリー！　ていう音が後方で聞こえたんだ」

「それで？」

「事故かなと思ったんだけど、Uターンする場所もないのでしばらく走って、だけどやっぱり気になって戻ってみたんだ」

「それで？」

「さっきのセブンが停まっていて、ガードレールに尻を擦ったらしくて運転手が車の左後ろを心配げに覗いていたよ」

「それで？」

「ガードレールに擦ったらかなりの傷になってるだろうなとは思ったけど、運転手も大丈夫そうだったのでそのままスルーしたんだ。へたに声かけても気まずいだろうから」

「そりゃ何月頃の話だ？」

「何月って、たしか真夏だったと思うよ。え……もしかして……」

「そうだ、そいつは、たぶん俺だ」

「え、そうだったんだ」

「GTZ見てテンションあがって、ついオーバースピードでカーブに入っちまったんだろ」

「で、お尻が流れちゃったと……」

「そういうこった」

「若気の至りってあるよね」

「あるなあ。あの頃は怖いもん知らずだったぜ」

「後から振り返ると、よくあんな芸当が出来たな、ていうのがたくさんあるね」

「ああ、だいたい人間が年取って老いぼれるなんて事考えなかったもんな」

「昔スポーツカー、今シニアカー、これが現実だね」

「まったくな。だけどシニアカーだって速ぇー方がいいよな」

「速い方がいいねえ」

「俺のナナロク見てそう思ったんか？」

「そうだね、スピードへの憧れなんて、とっくに捨てたはずだったけどね」

「俺も郵便局の前んちに停めてあったセブン見てムラムラしちまったんだ」

「そう、しっかり糊づけされていた心の封筒の端っこを、びりびりと破かれてしまったってところかな」

「そうだ、うめえこと言うなあ」

「人間の性というのはいくつになっても機会さえあればむくむくと頭をもたげてくるも

のなんだね」

「焼けぼっくいに火が付いたってやつだな。よし、今度は競争じゃなくて一緒にツーリングするべえ」啓一が信行を誘います。

「いいですねえ」信行も嬉しそうに応えます。

「セブンとＧＴＺじゃ出来なかったけど、ナナロクとランボーでな」

そのとき信行が思いもよらないことを喋り出しました。

「そういえば昨日の新聞に載ってたけど、あと十年後にガソリン車の製造が世界的に禁止されるそうですよ」と言ったのです。

「えー、ほんとか」それを聞いた啓一は目を丸くします。

「環境問題による規制が厳しくなって、二十年後にはガソリン車による一般道の走行も禁止されるそうです。公道を走る車はみんな電気自動車か水素自動車になってしまう」

「なんつうこった」

「『ガソリン車の終焉近し』っていう何とも言えない見出しだったな」

「終焉ってのは寂しすぎるぜ」

「世の中のものはすべて始まりがあって終わりがあるってことだね」

「そうかあ？　世の中に終焉のないものって、ねえのかな？」

「そうですねえ……終焉のないもの……人間の欲望かな」

「人間の欲望かあ……ちげえねえ」

「ちがいねえ」

「ヒヒヒヒー！」啓一が笑います。

「はははは！！」信行も笑います。

そのとき、病室のドアが開いて、

「消灯の時間ですよ。静かにしてください」と看護師さんに注意されました。

「寝るべえ」

「寝ましょう」


ナナロクとランボーでツーリングに行く約束をしたものの、二人は当局からこっぴどく怒られ、それぞれのシニアカーを最初の状態に戻すよう強制指導されたことは言うまでもありません。

ケアハウス美里では今日もいつもと同じようにゆるゆるとした時間が流れています。

「みなちゃん、なんか買い物あるかい？」啓一がみな子に声をかけます。

「そうだね、歯磨き粉頼もうかな。それとちびドーナツを一袋、半分あげるから」みな子が買い物を頼みます。

「また二人乗りで行くかい、ナナロクで」

「何言ってるん、懲りもせず。もうナナロクじゃなくなったんでしょ」

「ああ、牙をもがれたライオンさ」

「牙のないライオンじゃ大人しくしてるしかないね」

「全くよ……なんかオモしれえ事ねえかな」

そう言って啓一はいつものハンチング帽を被り、シニアカーに跨りました。スロットルを開き、そろりと発進しましたが、もうナナロク時代のようなスピードは出ません。もちろん不満ではありましたが、それでも啓一はシニアカーを運転できるだけまだマシじゃないか、と自分に言い聞かせるようになっていました。

ひと通り買い物を済ませてから、郵便局へ向かいました。お金を下ろすのと通帳に記帳するためですが、啓一にはそれよりもっと大きな目的、いや楽しみがありました。そうです、郵便局の向かいの家に停めてあるスポーツカー、セブンを見ることです。自分では運転できなくなった今、他の人が乗っている格好いい車を眺めることが楽しみの一つとなっていました。特にセブンは自分も乗っていただけに思い入れが強い車です。

ところが、「あれえー……」と啓一が声を上げます。そこにセブンの姿がありません。これまでもオーナーが出かけていていてセブンに会えないことはありましたが、今日はちょっと様子が違います。いつものセブンの定位置には別の車が停まっているのです。ガソリンと電気を併用したハイブリッドのワゴン車です。

「代車にしちゃあ新しいな」

そう呟いてふと二階のベランダに目をやると、そこにはハンガーに掛かった赤ちゃん用の洋服がゆらゆらと揺れていたのでした。

「そうゆうことか」

啓一は事の顛末をすぐに理解することができました。

「そういうこった」今度は心の中で呟きました。

「セブンよ、新しい家に行っても達者で暮らせよ。おまえはまだまだ走れるんだから」

啓一はシニアカーの座席に座りながら一瞬寂しそうに空を仰ぎました。そしてそのとき頭をよぎったのは、入院していた時に信行から聞かされたあの新聞記事のことでした。

『ガソリン車の終焉近し』の記事です。

「終焉……か。……セブンよ、おまえの終焉と俺の終焉と、どっちが先かな……俺かもしれねえな」

啓一は姿の見えなくなったセブンに向かってそう話しかけました。そして帽子を深く被りなおしてからシニアカーのハンドルに手をかけ、ケアハウスの方向へのろのろと走り出したのでした。後ろから見る啓一の背中は少し丸まって哀愁を帯びていましたが、その胸中はどんなものか測り知ることはできません。

おことわり

この物語はフィクションです。したがって現実のケアハウスの状況や道路交通法にそぐわない描写があることをご了承ください。また、くれぐれもこの話に触発されてシニアカーの改造などを行わないようお願い申し上げます。

母ふたり

そうなんです、所詮パチンコでバイト並の収入を得ようなどとは無理なこと、それは分かっています。分かってはいてもどうしてもここに足が向いてしまう。止めることができないのです。これはたぶん〝何とか中毒〟といったようなたぐいの病気の一種なのかもしれません。それにしてもパチンコ店内に響き渡る音、音、音……あれによって体内にアドレナリンがじわーっと放出され、それと同時に脳の一部が麻痺する物質までも湧き出てくる、ボクシングに例えたらアッパーとフックのダブルパンチってやつです。これを喰らったらもうまともな精神ではいられません。ときに何万という〝給料〟を貰えるとなったら尚更で、のめり込まない理由はないのです。ないのですが、給料を貰えるのは三回に一回といったところで、残りの二回は〝授業料〟を払わなくてはいけなくなるのです。それが馬鹿にならない……。

「よう、調子どうだい？」

このパチンコ店の常連で三カ月前に知り合ったヒロさんが、後ろから私の肩に片手を乗せながら声をかけてきます。

「出だしは良かったんだけど、ちょっとやばくなってきたかな」

「今日は客の入りいまいちだからな、店もあまり玉出さないよ」

「そう？　早めに引き上げた方がいいかな」

「ああ、玉残りそれじゃ赤字だろ。飯でも食いに行こうや」

「もうちょっと粘ってみようかな」

「むりむり、おごってやるから、飯食いに行こう」

私は〝おごってやる〟というヒロさんの言葉に惹かれ、今日のパチンコには見切りをつけてヒロさんと共に近くの定食屋へ向かいました。


　パチンコ店の通りから路地ひとつ入ったところにある定食屋『ともよし』は、昭和の趣きが残る木造の建物で、年配のご夫婦二人でやっている食堂です。無口なご主人が料理を作り、そして愛想のいい奥さんが接客をするという、この手のお店によくみられるパターンで、店内の壁にはやや色褪せた大きめの短冊に黒と青のマジックで書かれたメニューがずらりと並んでいます。

「何にする？　俺はサバ味噌」とヒロさんが訊《き》いてくれたので、

「じゃ、生姜焼きで」と少々遠慮気味の口調でリクエストします。

「おばちゃーん、サバ味噌と生姜焼きねー」

「はいよー」と注文の仕方もザ・ショウワといった感じです。

「俺は今日まああの戦果だったけどよ、客が少なめのときは深入りしない方がいいぜ」

とヒロさんのパチンコ指南が入ります。

「そうなんですね。了解」私はありがたくそれを頂戴します。

「昔はパチンコ屋に釘師ってのがいてさあ、毎日パチンコ台の釘を調整してたんだ。これは玉を出す台、これは出さねえ台ってふうにな。だからその頃のパチンコってのは客と釘師との戦いだったてわけさ」

「へえー、知らなかったなあ」

「いまは完全にコンピューター制御だからよ、釘の具合を見たところでどれが出る台かなんて全然分かんねえんだ」

「なるほどー勉強になるなあ」ヒロさんのパチンコ知識に感心しきりです。

「ところでお前さん、いい職は見つかりそうかい？」

お冷やをひとくち飲んでヒロさんが訊いてきます。

「それが、なかなか……」

　実は半年前、私は勤めていた店で店長と喧嘩して辞めてしまい、それからというものは不定期のバイトで食いつないでいたのでした。それでもパチンコはどうしてもやめられなくて、そしてパチンコ屋にいる間は光熱費がかからないから、半日粘ってプラマイゼロならいいやという考えで通っているのですが、現実はそう甘くありません。だからパチンコで生活費を稼ぐことができるヒロさんのような人には逞しい生命力を感じ、尊敬の念を抱いてしまいます。

「まあ人生、何とかなると思ってれば、何とかなるもんさ」

ヒロさんは励ましとも何ともいえないこの究極っぽい言葉をよく私にかけてくれます。でも確かにそうかもしれない。何ともならないと思ったらそれでおしまいなのだから……。

「俺も若い頃しばらくプータロウやってたことあるからさ。職を転々として、結局今の便利屋の仕事に落ち着いたんだけどな」ヒロさんが言います。

「そうなんだ」

「それなりに生きてりゃあ、そのうち何かのチャンスは巡ってくる」

「そんなもんですかね」

「そうさ。ただそのチャンスをものにできるかどうかはお前さん次第だ」

〝人生のチャンスはいつか来る〟というヒロさんの言葉を信じたいと思いながら、そしていま生姜焼き定食をおごってもらえるのもある意味人生のチャンスかと思いながら、有り難くいただきました。ヒロさんの言葉を定食とともに噛みしめながら……。

「ごちそうさんでした」

「おう、またな」

ヒロさんと別れ、自転車を漕いでアパートへ帰ります。パチンコで儲けが出たときは途中で缶ビールを買うのですが、今日はダメ。アパートに戻って部屋の鍵を開けようとしたとき、ドアに何か挟まっているのに気付きました。宅配便の不在通知です。送り主はだいたい察しがつきます。

「自分で受け取りに行った方が早いな」

そう思った私はそのままその通知を持って、自転車で五分ほどの所にある宅配の営業所へ向かいました。通知の送り主の欄を見るとやはり母親でした。母は季節ごとに自分で作った野菜や米、漬物、レトルトのおかず、煎餅などその時毎に適当にアレンジした物を私に送ってくれます。営業所で荷物を受け取り、自転車の荷台に括りつけてアパートへ戻ります。ほぼ無職状態の今の私には有り難い差し入れです。私の部屋は広さ六畳間のフロアに狭いキッチンとユニットバスが付いていて、築三十年ほどの建物であると聞いています。

定職に就いていた時は私にも一応彼女らしきものがいて、週に一、二回食事を作りに来てくれて、そして時には泊っていったりもしていたのですが、仕事を辞める少し前あたりから私の精神状態が不安定になり、二人の間でささいな事で喧嘩することが多くなってしまいました。そして一度だけ、たった一度だけなのですが彼女に手を上げてしまったのです。そしたら彼女は部屋の合鍵を私に投げつけて出て行き、戻ってくることはありませんでした。あっけない別れでした。それでも私が誠意をもって謝れば違った展開になっていたのかもしれませんが、変なプライドに邪魔されてそれができなかったのです。負のスパイラルというのはこういうことかと実感しました。しばらくは彼女がいた痕跡である歯ブラシとヘアピンをそのままにしておいたのですが、残しておいても無意味であると確信を得たので捨てました。

母親から送られてきた段ボール箱を開けると、予想通りの食材が詰まっていました。その中に私の大好物である蒟蒻ゼリーのうめ味を見つけ、早速袋を破いてひとつかじりました。弾力のある蒟蒻ゼリーを咀嚼しながらズボンのポケットからスマホを取り出し、母に一応お礼の電話をかけることにします。母に電話をかけるのは差し入れが届いたときくらいだから、年に四〜五回といったところです。

「あれ届いたよ。ありがとうね」

「そう、漬物は早めに食べなよ」

「ああ、分かったよ」

「仕事は順調かい？」

「ああ、大丈夫だよ」

「風邪薬と胃腸薬も入れといたからね」

「ああ、ありがとう」

いつもそんな感じの短い会話ですが、お互いの無事が確認できればそれで良しといったところでしょうか。「体に気をつけて」などと言ってあげられれば息子としての好感度が上がるのでしょうが、なかなかそのようなことは心にあっても言葉となって出てきません。もちろん仕事を辞めて定職に就いていないなんてことも言えてません。

　母親との通話を切ってから、「そろそろガチで仕事見つけなくちゃーな」とあらためて思い、ソファーベッドにごろりとしながらスマホの求人欄を開きます。そうそう、収入が少なくてもスマホだけは手放せません。テレビや冷蔵庫はなくても生きていけますが、スマホがなければ世の中との接点がなくなってしまい、まるで陸の孤島で暮らしているみたいな状態になってしまうからです。求人欄の中からとりあえずは日銭を稼げるバイトを物色していきます。スマホの画面にバイト求人が幾つも並んで出てきますが、それらを順に見ていくと、やがて画面の端の方に『高額裏バイトはこちら』という表示が現われました。

「高額裏バイト？　……いくらくらい貰えるんだろう。やばい仕事かな……」

そう思いながらクリックしてみました。クリックしてみて驚いたのですが、話しに聞く裏バイトと言われるものがこちらもずらずらと出てくるのです。仕事内容はよく分からないものがほとんどで、給料の支払い額もたいてい『成功報酬』となっています。

「きっと危ない仕事なんだろうな……」と想像しながら画面をスクロールしていくと『一日で十万円を確約！』という表示に目が止まりました。しかも『車での送迎付』となっています。

「十万円か、悪くないな」

そう思って仕事内容の欄を見ると『内容不問、但し違法な仕事ではない』とありました。どんなことをするのか多少不安でしたが、
「裏バイトっていうのを一度やってみるか。これも人生経験だ」と何でも経験が人生の糧になるといったような理屈をつけて、私はそのバイトを申し込みました。予定は明日です。

　水道代を節約するためシャワーだけ浴びて、ごろごろしながら友人から借りた漫画本を観ていると、スマホの呼び出し音が鳴り出しました。

「はい」

「メンバー、一人足りないんだけど、来ないか？」と友人から麻雀の誘いでした。

「今日は負けても軍資金ないけど」と言うと、

「そんときは後払いでいいよ」と寛容な返事（？）が返ってきました。じきにバイトで十万円入ってくるので、少々負けても大丈夫だろうと踏んだ私は自転車ですごすごと出かけていきました。誘いを受けた理由はもうひとつあります。雀荘でのプレイではお茶とアメ以外の食べ物は自前で払わなくてはなりませんが、友人の家でやるときは何かしら夜食にありつけるからです。今日の場所は印刷屋をやっているミチタカ君の家で、母

屋と少し離れた作業場の一画に五～六畳の広さの休憩所があり、そこがにわか雀荘になるのです。部屋のまん中に電気炬燵があって、上に乗っている炬燵板をひっくり返すと雀卓になるのでした。離れになっているから騒音で家族に迷惑をかけることなく麻雀ができます。

「今からだと午前様だな」ミチタカ君が言います。

「明日バイトだから三時間は寝たいな」と私。

「何のバイト？」

「仕事内容書いてないから分からん」

「強盗や詐欺だけはやめとけよ。トカゲの尻尾になるだけだからな」

「ああ、やばいやつだったら降りるよ」

そんな会話をしながら牌を積んでいきます。このメンバーでプレイすると、家に帰るのはいつも夜中の二時～三時といったところです。なので今夜はここで仮眠させてもらって、そのままバイトに出かけることにします。肝心なこの夜の麻雀の中身はというと、出だしはいい感じで少しずつ点数を稼いでいたのですが、途中で満貫を振り込んでしまってから冷静なプレイができなくなり、結局終わってみればかなりのマイナスになってしまいました。麻雀に限らず勝負事は常に冷静でいなければいけないということは分かっているつもりなのですが……まだまだ修行が足りません。

翌朝七時、カップラーメンを御馳走になってから自転車で駅へ向かいました。バイトの依頼主が迎えに来てくれることになっているのです。どんな仕事なのか若干の不安はありますが、しかし今日はがんばって稼がなくてはなりません。駅の駐輪場に愛車を置いてロータリーに佇んでいると、やがて電話で聞いたナンバープレートを付けた黒いセダンがこちらに近づいてきます。私は約束通り左手を挙げてタクシーを止めるような仕草をします。すると車は私の前をゆっくり通り過ぎて数メートル先の安全な場所に停車します。そして運転席のドアが開いて、セーター姿のひとりの男性が降りてきました。歳の頃はおそらく五十代でしょう。ロマンスグレーの一見穏やかそうな感じの人です。

「お待たせしました。今日はよろしく」

「今来たところです。よろしくお願いします」

「車にどうぞ」

依頼主は助手席のドアを開けてくれました。私は勧められるまま座席に座りました。依頼主も再び車に乗り込み、シートベルトをして車を発進させます。

「今日はどんな仕事なんですか？」

私はまずいちばん気になっている事を訊きます。すると、

「仕事内容の説明は現地に着いてからにしましょう。でも心配ありません。求人広告にも書いたとおり決して違法な仕事ではありませんから」と依頼主は答えます。

〝違法な仕事でなかったら、今言えないのだろうか〟私は思いましたが、それ以上訊かないことにしました。

　車は町中を抜けて山の見える方向へと進んでいるようです。何処へ行くのか自分の目で道順を覚えておきたいと思ったのですが、なにせ昨夜は三時間しか寝てなかったので、車の揺れも手伝ってだんだん瞼が重たくなってきました。そして間もなく眠りに落ちてしまったようです。……どれくらい時間がたったのでしょう、

「大丈夫ですか？」と言う声とともに右肩を揺すられて私は目が覚めました。

「大分うなされていたようですね」

依頼主の声で目を覚まします。まだ私の頭はぼやっとしていましたが、どうも夢を見ていたようです。

「人を刺してしまうところでした……夢の中で……ああ夢でよかった」私が応えます。

「そんな夢を……それはうなされても無理ない」

「母親が必死に止めてくれました」

「きっとこれからの仕事が不安でそんな夢を見たのでしょう。でも心配ありません。人を刺すようなことは絶対にやらせませんから……」

人を刺すようなことはやらせないって、当たり前のことでしょう。

「母親というのは子供が幾つになっても心配するものなのですね。うちもそうでした。さあ、もうすぐ到着しますよ」依頼主は言います。

「ここは何処だろう……」

私はそう思って窓の外を見回すと、車は人里離れた山道を登っています。不覚にも道中のほとんどを眠っていて、いま自分のいる所がどのあたりなのか全く見当がつきません。やがて車が左折すると、すぐ前方に赤い鳥居のようなものが見えます。そう、間違いなく鳥居です。車はその鳥居の脇のやや狭い通路を進んでいきます。その先がちょっとした広場になっていて、右前方には平屋で和風の建物があります。どうやらここは神社で、和風の建物は社務所のようです。車は建物横の駐車スペースに停まりました。

「どうぞこちらへ」

社務所の端の来客室の様なところへ通されます。部屋は十畳ほどの広さです。勧められるまま椅子に座って待っていると、中年の女性の方がお茶を運んできてくれました。

「どうぞ……よく来てくださいました。今日はどんな仕事か主人から聞きましたか？」

「いいえ、まだです」

その女性は依頼主の奥さんのようです。

「やはりそうですか。以前車で運転しながら主人が仕事内容を説明したら、信号待ちで逃げられてしまったことがあるそうです。まあまあ本当に今日はよろしくお願いしますね。そんなに心配そうな顔をしなくても大丈夫ですよ」

そう言い残して奥さんは部屋を出て行きました。

「信号待ちで逃げられたって……」

違法な仕事ではないはずなのに、話を聞いただけで逃げ出したとは一体どういうことなのか。私はとても不安な心持ちになりました。とくに暑くもないのに、膝の上で軽く握った手がしっとり汗ばんでいました。その汗をズボンで拭ってから、とりあえずお茶を二口、三口いただいて不安と緊張を和らげます。すると、

「お待たせしました」

一五分ほどして依頼主が現われました。彼は神社にお参りに行った時によく見る神職の服装をしています。彼はこの神社の宮司でした。

「それでは、これから今日の仕事の説明をいたします」

「は、はい」

「実はですね……」

「は、はい」

「この神社の社殿の裏手に杉林があるのですが、そこが大変迷惑なスポットになってしまっているのです」宮司が話し始めます。

「迷惑なスポット？」

私は話がまったく見えずに聞き返しました。

「実はですね、裏の杉林が呪いのスポットになっているのです」

「呪いのスポットとはいったい……」

「これから一緒に現場へ行っていただければ分かりますが、夜中に杉林を訪れて、わら人形に五寸釘を刺していく人が絶えないのです」

「わら人形に五寸釘ですって」

「そう、人を呪う時にやる、あれです」

「あれ……ですか」

「そうなんです。迷惑なことに、うちの社殿の裏手の杉の木に呪いのわら人形を打ち付けると〝ご利益〟があるといった噂が一部の人たちの間で広まっているようなのです」

「ひやー、それは気味悪い話ですねえ」思わず私は声が裏返ってしまいました。

「それで、今日の仕事というのはそのわら人形と何か関係があるのですか」

いまだに仕事の内容が分らない私は〝そろそろどんな仕事か教えてくださいよ〟という表情で宮司に問いました。

「心配されるのも無理ありません。それでは説明させていただきます。今日の仕事の内容というのは、まず裏の杉林に行って、杉の木に打ち付けられた多くのわら人形を五寸釘とともに回収します。そしてそれらから呪いを取り除くお清めをし、最後にお焚きあげを行ないます。あなたにはその作業のお手伝いをしていただきたいのです」

宮司の説明を聞いて何となく仕事内容は理解できましたが、ある不安が頭をもたげてきました。

「そのわら人形に触ったりして、こっちに呪いが移ってしまうことはないのでしょうか」

「わら人形と一緒にあなたのこともしっかり清めてあげるから大丈夫です。さあ行きましょう」

私の気が変わらないうちに事を進めたいと思ったのか、宮司はドアを開けて社殿の方向へ歩き出しました。そして〝ついて来なさい〟といった目でこっちをちらりと振り返ります。こんな気味悪いバイトを放棄して逃げ出すなら今が最後のチャンスです。しかしここに来る道中私はほとんど寝ていたので、自分が今どこに居るのかも分からないし、生活費を稼がなくてはいけないし、とにかく十万円貰って無事に帰れることを信じて、この仕事をやろうと決めました。


宮司は社殿の方へ歩いていきます。その後をついて行くと、社殿の手前に七、八段の石段があって、それを上がると両側に石の狛犬が鎮座しています。社務所が建っている所は日当たりが良いのですが、石段を上ったあたりからは木々によって陽の光が大分遮られ、狛犬の顔や体の窪みには所どころ緑色の苔が生しています。そして狛犬たちの先に社殿があり、その社殿はとりたてて立派という訳ではありませんが、それでも神社仏閣の建物というのはどこも見る者に歴史と風格を感じさせます。社殿の奥はやや登り傾斜になっている薄暗い杉林です。どうやらそこが今日の仕事場のようです。

　宮司は社殿の右側から裏手へと回り込んでいきます。するとさっきまでとはがらりと空気感が変わり、何だか急に呼吸をするのが重苦しくなってきました。その空気を色に例えたら、清らかな水色から澱んだ褐色に変わったような感じと表現できそうです。社殿の裏には五〇センチ四方の段ボール箱が置いてあり、その中を覗いてみると軍手が一組とペンチが一本入っていました。宮司はそれらを取り出し、まず軍手を私に手渡します。〝これ、はめるんですよね〟と目で問いかけると〝そうです〟と宮司は目で答えました。私が軍手をはめ終わると、次にペンチを手渡し「では始めましょう」と言って段ボール箱を抱えながら杉林へと入っていきます。私もおそるおそる後に続きます。

「わら人形の見つけ方ですが、大体みな目線の位置よりやや低いところに打ち付けます。ただ遠目にはわらの色と杉の色とが同化していて分かりづらいので、よく目を凝らして見てください」と宮司からの親切なアドバイスがありました。

　昼間でも薄暗い杉林を見渡すと、早速一〇mほど先にひとつ磔《はりつけ》になったようなわら人形を見つけました。「では、あの子からいきましょう。ペンチを使って五寸釘を引き抜いてください」と宮司が言います。近くで見ると、わら人形のわらは大分黒ずみ、その胸に刺さった五寸釘は錆びて赤茶けています。

「これは半年近く経っているね。だいたい半年ごとに取り除いているのですが、この子は前回取り除いた直後に打ち付けられたものだね」と段ボール箱を抱えながら宮司が解説してくれます。そして、

「さ、釘を抜いてください」

こわばった表情をして立ち竦《すく》んでいる私に、宮司は急かすように言います。私は覚悟を決め、左手でわら人形を抑えながら右手に持ったペンチで五寸釘を引き抜きます。何とも言えない鈍い感触がペンチを握った右手に伝わってきます。

〝この様な呪いの儀式をする人とは、いったいどんな人なんだろうか。その人にいったいどんな出来事があったのだろうか〟

そんなことを思い巡らせながら宮司が抱えた段ボール箱へ最初のわら人形と五寸釘を収めます。その手が震え気味なのが自分でも分かります。それでもひとつ処理を終えると若干気持ちが落ち着きました。続いて二つ目、三つ目とわら人形を杉の幹から外していきます。

杉林の手前側から奥の方まで小一時間歩き回り、全部で十五体ほどのわら人形を回収

しました。はめていた私の軍手に十五人分の呪いが染み付いたかもしれないと思うと、心穏やかではいられません。一刻も早く清めていただきたいものです。軍手を外してペンチと共に人形を入れた段ボール箱の片隅に収め、それを抱えて宮司と一緒に社殿へと向かいます。社殿に続く階段を何段か上り、拝殿へと通されました。

「こちらへどうぞ」

私は拝殿から本殿が見通せる場所に座るよう促され、抱えていた段ボール箱を前に置き、おつくべをかきました。

　宮司はその手にお祓い串を持ち、私の前に立って「かしこみかしこみー」の言葉からお祓いを始めます。私はじっと頭を垂れています。普段私はまったく信心深い方ではなく、神の存在を意識したことなどほとんどありませんでしたが、この時ばかりは「神様―、しっかりとお祓いお願いします」と念じずにはいられませんでした。もしかしたらわら人形から自分に移ったかもしれない呪いを、僅かでも残すことなくきれいにお祓い清めてほしいと切に願っていました。そしてどれくらいの時間がたったでしょう、

「お疲れさまでした。終わりました」

宮司の声が頭の上方から聞こえてきました。私の前の段ボール箱に入っている〝呪いの

わら人形〟が〝ただの人形〟に戻った瞬間でした。

「このあとお焚きあげです」と宮司に促された私は人形たちを社殿横の空き地に移しました。そして人形たちは段ボール箱ごと火をつけられ、焼かれたのでした。人形たちが炎に包まれている間、宮司は手に持った鈴を鳴らし続けていました。私は宮司の隣に立ち、じっとその炎を見つめていました。

「これで人形たちの呪いは取り除かれたけれど、人形たちに五寸釘を打ち込んだ人たちの呪いの心も浄化されたのだろうか……」そんなことを考えていました。

お焚きあげの後、社務所で遅めの昼食をいただきました。宮司も向かい席で一緒に食べます。

「いかがでしたか？　今日の仕事は」宮司が訊いてきます。

「こんな仕事があるなんて、想像できませんでした」私が答えます。しかしそれ以上今日の出来事について何かを語ったり、また宮司に伺ったりする気にはなれませんでした。それほど自分にとって衝撃的な一日で、精神的にへとへとになっていたのでした。

それでもお腹は目一杯空いていたので食事は美味しくいただくことができました。

「今日はとても助かりました。また半年後に募集しますから、よろしかったら来てください」

そう宮司は言いましたが、いろいろ思うところがあってとても即答はできません。「はあ」とだけ返事をしておきました。

　食事をいただきながら私はある小さな疑問が心の中に浮かんでいました。

〝裏バイトというのはほとんど違法なことをやらせるものだと聞いていたけれど、今日の仕事は何だったのだろう……。確かに普通のバイトとはずいぶん様子が違っていたけれど、違法行為に手を染めるようなものではなかった。でも裏バイトの求人欄で募集をしていた。そうしないと誰もやりたがらない仕事だからだろうか……それとも何か宮司の思惑があってのことだろうか……〟

いずれにしても一日で十万円というコスパのいい仕事にありつけたわけだから、私はそれ以上深く考えるのはやめにしました。

　昼ご飯を食べ終わるといよいよお目当ての報酬をいただき、駅まで送ってもらいました。帰りは電車賃がたっぷりあるので神社からいちばん近い駅までのドライブです。

「それでは、お元気で」と宮司。

「ありがとうございました」と私。駅名が書かれた看板を見て、ようやくいま自分が何処にいるのか分かりました。

「何だかキツネにつままれたような一日だったなあ」

自宅方面に向かう電車の中でそんなひとりごとが漏れ出てきました。それでも神社で頂いたバイト代はちゃんと手元にあるから、夢ではなく現実の出来事であったことが確認できます。

「それにしても杉の木に磔になったわら人形たちの姿、衝撃的だったなあ」

そう、あの光景はおそらく一生忘れられないでしょう。そして炎に包まれたわら人形たちのことも……。今日一日の出来事をあれこれ思い起こしているうちに、いつしか電車は宮司が今朝迎えに来てくれた駅に近づいていました。


　懐が少し暖かくなると、どうしても足が向いてしまうのがパチンコ屋です。ヒロさんにも会いたかった。先日おごってもらったお返しをしたかったからです、懐に余裕があるうちに……。でもその日は会えなかった。翌日は麻雀の付け分を返しに友人の所へ行き、そのまま流れでそこでまた牌を積んで、結局前回の負け分の半分ほどを取り戻すことができました。

そしてさらに三日後、パチンコ店の喫煙スペースで一服しているヒロさんを見つけました。

「よう」いつものようにヒロさんの方から声をかけてくれます。

「ヒロさん、会いたかったんですよ」私が言うと、

「なんで？」とそっけなく訊き返してきます。

「この間おごってくれたじゃないですか。バイト代入ったんでお返しがしたくって」

「いいんだよお返しなんて。バイト代なんかすぐに無くなっちまうだろう」

「ちっとまとまったのが入ったから……」

「そうか、じゃ『ともよし』に行くか」

二人は連れ立って出かけました。


『ともよし』でヒロさんはアジフライ定食、私はとんかつ定食を注文しました。ヒロさんはお冷やをコップ半分ほど飲んでから、

「実はな、おかあが亡くなって田舎へ帰ってたんだ」と言いました。

「そうだったんですか。大変だったんですね。久しぶりの帰郷だったんですか？」

「ああ、その前に帰ったのは親父が亡くなった時だから、六年ぶりだな。だれか身内が死にでもしなきゃ、田舎に帰ることなんかねえなあ」

「自分も年一回、正月に帰るだけですよ」

「一年に一回帰ってりゃ上等さ。俺なんか高校中退して家を飛び出しちまったから、全く不肖の息子さ。実家は商売やっていて、そっちは兄貴がちゃんと後を継いで嫁や子供もいるからさ、帰ったところで俺の居場所なんか無えんさ」

「そうなんだ。でもお母さんはヒロさんに会うのが楽しみだったんじゃないかな」

「そうかもな。だけど急に亡くなっちまったから、顔見る暇がなかったな」

ヒロさんはちょっぴり寂しそうにそう言いました。ヒロさんからお母さんの思い出話などを聞いているうち、

「はい、おまたせー」

注文したアジフライ定食と、とんかつ定食が来ました。ヒロさんは割り箸を二膳取り出し、一膳を私に渡してくれます。そして自分の箸のまん中あたりをくわえ、器用に片手で二本に割りました。

「それでな」アジフライにソースをかけながらヒロさんが話を続けます。

「通夜のお清めのあと兄貴に呼ばれてさあ『母さんの部屋整理してたら箪笥の引出しからこんなものが出てきた』って言うんだ」

「何が出てきたんですか？」

「桐の小箱に入った兄貴と俺のへその緒さ」

「へその緒か……でも子供のへその緒をとっておくっていうのはよく聞く話ですよね」

と私が言うと、

「それがさ、へその緒だけじゃねえんだよ」とヒロさんが言います。

「へその緒以外に何が出てきたんですか？」私は興味津々で問いかけます。

ヒロさんはそれにすぐには答えず、アジフライをひと口かじります。「うめえ」と小さな声で言ってからご飯、味噌汁と順番に口に運びます。それを見て私もとんかつをいただきます。話が少しの間とぎれ、そして私が千切りキャベツに箸を伸ばしたとき、ヒロさんが話の続きを始めました。

「何が出てきたと思う？」

「さあ、ぜんぜん想像つかない」

「五円玉が百枚出てきたんさ。五十枚ずつ紐に通して束になったやつが二本……」

「五円玉が百枚？　束になって？」

「ああ、何に使ったと思う？」

「ぜんぜん分からない……」

「兄貴の話だと、俺が三つのときに『はしか』に罹かって高熱を出して死にそうになったらしいんだ。そのときおかあが『俺の病気が良くなりますように』てんで神社へお百度参りに行ってくれたらしいんだ」

「お百度参り？」

「ああ、俺はぜんぜん知らなかったけど。兄貴はその五円玉の束を見て思い出したらしいんだ、おかあが俺のためにお百度参りに行ったことを。で、その五円玉の束だけどさ、お参りして一回拝むたびに五円玉を一個ずつずらしていくらしいぜ」

「へえー、なるほどー、そんなことがあったんだ」

「そのおかげで俺の病気が治ったんかどうか分かんねえけどな」

「でもそのときのお母さんの必死な気持ちは分かるなあ」

「まあな。兄貴の話によると、そのあと俺が高校中退して家を飛び出しちまったときにも行ったらしいぜ、お参りに」

「母親は常に子供のことを心配しているって本当なんですね」

「とくに俺はな、やくざな息子だからな」

そんな話を聞いて、自分も決して誉められた息子ではないなと思いました。

「まあ、あんたもおかあが生きているうちに今からでも孝行するこったな。死んじまったら何もしてやれねえ。薄情だった自分を後悔するだけだ」

「確かにそうだと思うんだけど、親孝行ってどうすればいいんですかね。ときどき帰って顔を見せるとか、母の日に何かプレゼントするとか、そんなことでいいのかな」

「何つってもまずは仕事だな。ちゃんと働いて、金稼いで、飯食って、そっから始まるんじゃねえか。親孝行ってのは」

「そうか、そうだね。これから気合入れて仕事探しするよ」

「そうしろ。俺に飯おごってくれるのはそれからでいいや」

ヒロさんにおごってもらったお返しに二人の食事代を私が払うという提案は却下され、結局割り勘となって『ともよし』を後にしました。


バイトで十万円入ったとはいえ、次の仕事を探さなくてはじきに底を突いてしまいます。気合入れて職探しをすると言ったものの、定職に就く前にもう少しだけ時給のいい裏バイトをやろうと思いました。違法なことでなければ少々きついくらいは我慢できそうです。神社のバイトで変な自信がついてしまいました。私は性懲りもなくスマホで『高額裏バイト』にアクセスしました。相変わらずたくさんの裏バイトが掲載されています。スクロールしながら物色していくと……なんと、

『一日で百万円を確約・送迎付き』という、記載ミスではないかと疑いたくなるくらいとんでもなく好条件の募集広告が目に飛び込んできました。

「一日で百万円って、いったいどんなことをするのだろう」

とても気になりましたが、仕事内容の欄は『不問』となっています。

「この間の神社のバイトよりきついことだけは間違いないな……」

そう思いましたが、しかし一日で百万円というのはおそろしく魅力的な金額です。世の中にそんなバイトがあるなんて、いったいどんなものなのか覗いてみたくなりました。私は好奇心にも背中を押され、そのバイトを申し込みました。日にちは三日後です。

　三日後に百万円が入ってくると思うとどうも落ち着きません。それより何よりどんな仕事なのかも分かりません。私の心は期待と不安が混じり合った渦巻き模様を呈してい

ました。そして変に気が大きくなってしまいました。パチンコ、競馬、オートレースとギャンブルのはしごをして、うまくいけば〝百万円＋α〟になるところだったのですが、残念ながらそのαの部分はほとんどゼロになってしまったのでした。

バイトの前日夜はまたまた印刷屋のミチタカ君の所で麻雀です。牌を積みながら夜食にもありつきました。百万円のバイトのことは、友人たちに話したらきっと止めとけと言われそうなので黙っておきました。

翌朝七時、自転車を漕いで駅へ向かいました。自転車に乗っていると晩秋の涼風が顔を掃きながらすり抜け、寝ぼけまなこに心地よく感じます。駅のロータリーで佇んでいると、電話で聞いたナンバープレートを付けた黒いセダンが近づいてきます。私は約束通り両腕を顔の前で交差したり広げたりして車に合図を送ります。すると車は私の前をゆっくり通り過ぎ、数メートル先の安全な場所に停車しました。運転席のドアが開き、中から四十歳位と思われるグレーのスーツ姿の男性が降りてきました。

「お待たせしました。今日はよろしくお願いします」

「ちょうどいま来たところです。よろしくお願いします」

「どうぞ、お乗りください」

依頼主が助手席のドアを開けてくれました。私は勧められるままに座席に座り、そしてシートベルトを架けます。依頼者も車に乗り込みゆっくりと発進させます。ロータリー先の信号が赤だったので、加速しはじめた車はすぐにまた停車しました。

「今日はどんな仕事なんですか」

私はいちばん知りたいことを依頼主に尋ねます。

「仕事内容の話は現地に着いてからにしましょう。上司から説明があります」

またまた仕事内容の説明は後回しにされました。

　車は町中を抜けて山の方へと進んでいます。今度こそ道順をしっかり覚えておこうと思ったのですが、昨夜は二時間しか寝ていないので、車の揺れと車内に流れるイージーリスニングのゆったりとした音楽のため、徐々に意識が遠のいていったのでした。やがてすっかり深い眠りに入ってしまったようです。

　どれほど時間がたったのでしょうか。目を覚ますと車は紅葉に色づいた深い山の中を走っていました。

「よく眠っていらっしゃいましたね」依頼主が言います。

「はあ」まだ半分しか意識が戻っていない私は、そんな間の抜けた返事しかできません。

もちろん二人の乗った車がいまどのあたりを走っているのか全く見当もつきません。山の中の信号もない交差点を右折して何百メートルか行くと、前方に検問所のような小さな建物が見えました。その脇には『私有地につき進入禁止』という立て看板があります。そして建物の中には門番らしき人がいます。私達の乗った車がゲートに近づくタイミングに合わせてその人が出てきました。

「ご苦労さまです」と運転手はそう言いながら自分の身分証らしきものを提示しました。

「ご苦労さまです」門番もそう言って身分証を確認してからゲートを開ける操作をしてくれます。

「いよいよですね」と門番。

「いよいよです」と運転手。

そんな短い会話を交わしてから運転手は車を発進させました。私は〝何がいよいよなんだろう〟と思いましたが、それを運転手に訊いたところで答えを得ることはできない予感がしたので黙っていました。

　やがて車の前方には山肌にぽっかり開いたトンネルが見えてきて、車はそこに入っていきました。暗いトンネルの中を走りながら、私はとても不安でした。何だかこの世と違う別世界へと連れて行かれるような心持ちがしたからです。そして約一分後、車がトンネルを抜けると、本当に別世界でした。そこは山に囲まれた谷のような場所で、その谷のまん中あたりに高さ五〇ｍはあろうかという巨大な観音様が立っているのが見えたのです。

「なぜこんな所に観音様が……」しかも徐々に車が近づくにつれ、その観音様が本当の立像ではなく四角い壁のようなものに描かれた絵であることが分かりました。

「これはいったいどういうことだろう」私の頭の中は疑問符でいっぱいになっていました。

　車はその観音様の左方向から接近してから向きを変え、正面に周って今度は観音様から遠ざかるように進んで行きます。後ろを振り向くと車のリアガラスにはその足元だけが見えています。車が進む前方には四角い頑丈そうな建物が見えます。高さ、幅とも一〇ｍくらいで、観音様からは少し離れています。二人の乗った車はその建物に横付けになって停まりました。

「到着しました。建物の中へご案内します」そう言われて私は運転手とともに中へ入りました。中には作業着を着た人が数人います。

「ようこそ、お待ちしてました」

めがねをかけた老人が声をかけてきました。齢のころは八十〜九十歳くらいになりそうです。

「よろしくお願いします……」私は戸惑いの表情を隠す余裕もなく返事します。

「私、豊口といいます」

渡された名刺を見ると『トヨグチグループ代表』と書いてあります。

「トヨグチって、自動車メーカーですよね」

「そうです。今では自動車をはじめ多くの事業に参入しています。どうぞお座り下さい」

私は勧められるままソファーに腰をかけました。そして頭の中は混乱していたものの、バイトに応募してここに連れてこられたことを思い出しました。

「私はバイトで来たんですが、いったい何をするのでしょうか？」そう私が言うと、

「あちらをご覧ください」と代表は窓越しに見える巨大な観音様を指差します。正確には巨大な観音様の絵……ですが。

「あの観音様と私のバイトと何か関係があるのですか？」

「実はですね、あの観音様の絵はカムフラージュで、本当は、あれはロケットなんです」

「ロケット？」私は思わずのけ反ってしまいました。

「そうなんです。中身はロケットです」そう言って豊口代表がスタッフのひとりに目くばせすると、そのスタッフは壁に掛かった電話の受話器を取り上げ、

「格納庫オープン」と言いました。

すると何ということでしょう、観音様の絵がまん中から左右に分かれ、徐々に開いていくではありませんか。そしてまん中に大きなロケットが姿を現したのでした。

「本当だ、ロケットだ……」

「そうです、あれが、我々が長年かけて完成させたロケットです」

「本物なんですか？」

「もちろん本物です」

「でも、なぜ自動車メーカーがロケットを？」

「御存じのように日本は第二次世界大戦で敗戦国となりました。そしてその後ＧＨＱにより日本の企業による航空機やロケットの開発・製造が長年にわたり禁止されたのです。日本国内の開発・製造施設はことごとく破壊されてしまいました。戦時中航空機を造っていた企業の多くは自動車製造へと方向転換していきました。わが社もそうでし

た、表向きは」

「表向き？」

「そうです。何年も開発・製造を禁止されたら、航空機・ロケット分野では二度と諸外国に追いつくことができなくなってしまう、我々はそう考えました。そこで、表向きは自動車を製造し、裏ではロケット開発を行っていたのです。いわば裏バイトのようなものですな」そう言って代表はにやっと笑いました。

「裏バイト？　……裏バイトでロケットを造っていたのですか」

もはや私の頭の中は混乱を通り越してブラックホール状態になりかかっていました。

「そうです。そしてやっとこのたび有人飛行ができるロケットが完成したのです。それがあれです！」

しかしここで私は大いなる疑問が湧き出しました。

「このような所に何故私のようなバイトを募集したんですか？」

「あのロケットに搭乗していただきたいのです。あなたに」

「ええー、冗談でしょう！」

豊口代表はとんでもないことを言い出しました。

「冗談ではありません。なにせ裏で完成させたものですから、プロの飛行士に依頼するわけにはいかず、施設内で候補者を募ったのですが誰ひとり乗りたいと言い出す者がいなかったのです。技術的には絶対の自信があるのですが、それでも自分が最初に乗り込もうという者は出てきませんでした。そこで搭乗者をバイトで募集したと、そういう訳なんです」

「そういう訳って、聞いてませんでしたよ。ロケットに乗るなんて」

「途中で話したら逃げ出されそうな気がしたので……でも大丈夫、安全性には自信があります。しかもこのロケットに乗って宇宙に出たら、それこそ純国産ロケットに乗った最初の日本人飛行士として歴史に名を残すことができるのですよ」

「生きて帰って来れればの話でしょう」

「ぜったい大丈夫。私が保証します。ささ、発射時刻が迫っています。着替えましょう。こちらへどうぞ」

そう言って代表は私の手を引いて更衣室に連れていきました。しぶしぶその更衣室に入ると、宇宙服のようなものが衣文掛けにぶら下がっているのが見えました。

「パンツ一丁になってからそれを着てくださいね」

代表はそう言って更衣室入口のカーテンを閉めました。

そして一〇分後、

「いやー、とてもお似合いですよ」

私の宇宙服姿を見て代表は言いました。宇宙服に似合っているも何もないもんだろうと私は思いますが、それより何より、

「代表、私ロケットの操縦などやったことありませんよ」と当たり前の質問をすると、

「心配ありません。ロケットはすべて遠隔操作で操縦しますから、あなたはただ座っているだけでいいのですよ」というそっけない答えが返ってきました。

「いったい私はどこまで行かされるんですか?」

「今回はあまり無理せず、地球の周りを三周ほどして戻ってきます。それではそろそろ時間ですのでロケットに乗り込みましょう」

私は魚市場で荷物を運ぶ台車のようなものに載せられ、運転手と共にロケットの麓へと向かいました。だんだんとロケットに近づくにつれ、その大きさに圧倒されます。ロケットの横には資材を運ぶようなエレベーターがあって、その乗り口で案内係が待っていました。

促されるままにエレベーターに乗り、ロケットの横腹を舐めるように昇っていきます。周囲の風景がみるみる広がっていろいろな物が小さくなっていきます。地上で豊口代表と社員たちが私に向かって手を振ってくれています。私は緊張しすぎていてそれに応える余裕はありません。やがて最上部でエレベーターが止まると、その先にロケットの搭乗口が私を迎えます。

「さ、どうぞ」

搭乗口から中に入るとそこは乗用車の室内ほどの広さで、まん中に一人分の座席が上方を向いて備えつけられていました。

「座席に座ってシートベルトをお締めください」

まるで遊園地のアトラクションのようです。私は言われるままに上を向いて座席に座り、シートベルトを締めました。案内係はそれを確認するとロケットのドアを閉めました。ロケットの中には私ひとりだけが残されたのでした。私は覚悟を決めました。「宇宙でもどこでも行ってやる」と。部屋には小さな丸い窓が一つだけ付いていて、窓の向こうには紅葉した山肌が見えています。

座席に座ってから数分たったとき、〝ドドドドドー〟という重低音が響いてきました。

「いよいよ発射かな」そう思ったまさにその時〝ドワーン！〟という大きな音が私の後方で炸裂し、同時に背中を押されるようにして体が突き上げられました。ロケットが地上を離れた瞬間でした。それからはもう体全体が押しつぶされそうな圧力がかかり、まったく身動きができない金縛り状態になりました。どれくらい時間が経過したでしょう。もうこれ以上圧力がかかり続けたら、脳味噌が頭がい骨ごと後ろに飛び出してしまうのではないかと思われた時、急にふわっと体が軽くなったのでした。宇宙空間に飛び出し、地球の重力から解放されたのでしょう。どうやらロケットはうまいこと地球の周回軌道に乗っかったようです。

ロケットの室内も無重力になったのでシートベルトを外してふわふわと窓際へ移動し、窓に顔をくっつけて外の景色を眺めてみました。すると……見える、見える、さっきまで自分が佇んでいた地球が……見えます。青い海が、白い雲が、セピアの大地が……見えます。〝美しい〟という言葉以外に何も出てきません。そういえば私が小学生の時、『将来の夢』という題の作文で〝宇宙飛行士になりたい〟と書いたことを思い出しました。こんなかたちで夢が叶うなんて、夢にも思っていませんでした。

地上にいる時には地球ってとても大きなものだと感じていましたが、こうやって遥か上空から地球を眺めてみると、意外とちっぽけな星なのかもしれないと思えてきました。そして人間たちはこのちっぽけな星にへばり付いて、うごめいて、生きている、いや生きているというよりは生かされているという言い方のほうが正しいような気がしてきます。そう、私は今まさに地球にへばり付きながら、うごめきながら、生かされつつある、あるいは死につつある、すべての人間たちを遥か上空から見下ろしているのでした。母なる大地という言葉があったけれど、まさに海も含めて母なる地球という存在を実感できたのでした。自分を生み育ててくれた母、そして生み育ててくれる環境を創ってくれた母なる地球。二つの母によって私たちは生まれ、育てられてきたことを理解させられたのでした。さらにそのとき私は〝手遅れにならないうちに親孝行しろよ〟というヒロさんの言葉を思い出していました。

　そんな想いに浸りながら地球を眺めている時、私の頭にある唄のメロディーが流れてきました。

『ねーんねーんころりーよ、おこーろりーよー』

初めて聞いたのがいつのことか誰も思い出せないけれど、誰もが知っているあの唄です。そう、誰もが幼いころ母から聴いたであろう、あの子守唄です。

『ねーんねーんころりーよ、おこーろりーよー、ぼーやはよいーこーだ、ねんねーしなー』

私はぼーと地球を見つめながら、そして母の存在を思いながらこの唄を何度か繰り返し口ずさんでいました。

そうしているうち、いつしか徐々にロケットが高度を下げていくのを感じました。ロケットは地球の周りを三周して再び大気圏に戻ろうとしていたのでした。私は座席に座り、シートベルトを掛けました。ロケットは頭を地球に向け、だんだん地表に迫っているようでした。窓の外を見ると、たくさんの真っ赤な火の粉が筋になって矢のように走っています。ロケットが地球の大気圏に突入したのでしょう。大気との摩擦でロケットの表面は大変高温になるといいます。表面だけならいいのですが、何だかロケットの室内も暑くなってきました。そしてとても息苦しくなってきました。すでに窓の外は火の海のようになっています。暑さのあまり意識が遠くなり始めました。〝気をしっかり持て〟と自分自身に言い聞かせます。しかしそのとき、何処からかまたあのメロディーが聞こえてきたのでした。

『ねーんねーんころりーよ、おこーろりーよー、ぼーやーはよいーこーだ、ねんねーしなー』

唄を聴きながら私は本当に眠ってしまったようです……というより気を失ったというのが本当かもしれません。それからというもの、意識が無いはずなのに、あの唄だけが頭のどこかで繰り返し響いていたのでした。

『ねーんねーんころりーよ、おこーろりーよー、ぼーやーはよいーこーだ、ねんねーしなー』


どれほど時が経ったのでしょう。誰かの声が聞こえます。

「目が覚めたんだね、よかった、よかった」

どうやら私は目を覚ましたようです。

〝いま喋ったのは誰だろう。聞き覚えのある声だ〟

私は眼を開けましたが、眩しくて何も見えません。しばらく目を細めているうち、だんだんと周囲の様子が見えてきました。すると、目の前にいたのは私の母親でした。母のとなりには白衣を着た男性がいました。

「ここは……どこ?」

私は蚊の鳴くような声で尋ねました。

「病院だよ。あんた、自転車に乗ってて、車にはねられて、三日間昏睡状態だったんだよ」

「車に？　昏睡？」

「そうだよ」

「じゃあロケットは？」

「ロケットだって？　何言ってるの、夢でも見てたんじゃないかい」

「夢？　……そうか」

私の頭はまだもうろうとしていました。何が現実で何が夢だったのかまったく区別がつきません。頭の中で夢と現実が混ざり合って渦を巻いていました。でも確かなことは、私はまだ生きていて母に会うことができた。それで十分でした。しかし、私にとって夢と現実がモザイク状態になっているいま、この光景や出来事がまた夢でないことを、心の中で必死に祈っていました。

短編小説集の発刊によせて

このたび短編小説集『大人のためのメルヘン』を発刊させていただく運びとなりました。私はかなり以前から小説を書きたいという気持ちがあったのですが、なかなか納得できるものを書き上げることができぬまま時が経過していました。そして二年ほど前にようやく自分なりにまずまずのものが仕上がったので、上毛文学賞に応募したところ佳作をいただくことができました。自分が書いた小説を評価していただいたことに力を得て、その後何作かを書き上げることができました。これらの小説はみな〝現実と非現実の境目〟をテーマとして書かれています。実際に起こりそうでもあり、起こらなさそうでもある微妙な世界を描いてきたつもりですが、この本でそのあたりの雰囲気が読まれた方にうまく伝わってくれれば幸いです。ではそれぞれの小説についての思いを少し書かせていただきます。

ぬかみそと星娘

人と人の出会いというのは偶然の積み重ねによるものなのか、それとも偶然の中に紛れ込んだ必然が作用したものなのか、その答えはたぶん誰にも分からないことでしょう。しかしどちらにしても出会いによって人生が大きく変わるというのは誰にも起こりうることに違いありません。〝あのときあの人に出会っていなければ全く違う展開になっていた〟人生はそんな出来事を何度も経験しながら前へ進んで行くように思えます。そして進む先には多くの分かれ道があり、人はその中から一本のみを選択して歩いていきます。結果だけを見ると、ずっと池の中の一本道を歩いてきたようにも見えますが、実は大小はあれど誰もが人生は選択の連続だったはずです。この先何歳になっても未来への分かれ道というのは現れる筈ですから、そのときは自分自身で納得できる方向へ進みたいものです。

マイクロマン

新型コロナウイルスが世界中で猛威を振るっていた頃、連日テレビや新聞等の報道で真っ先に取り上げられ、どうやってその流行を鎮静化していくべきかという話題でもちきりでした。新型コロナは人間の敵であり、これを退治することが世のため人のためであるという考えを誰も疑っていませんでした。しかし一歩引いて地球全体を俯瞰して見ると、果たして本当にそうなのだろうかという疑問が湧いてきました。もしかしたら戦争を繰り返したり、環境を破壊したり、この地球上で自分勝手な振る舞いをしている人間たちにお灸を据えるため新型コロナが登場したのではないかなどと思えてきたのでした。その想いが『マイクロマン』を書くきっかけとなったのですが、しかし病気で多くの人たちが亡くなっていくのでは余りにも現実的なので〝笑い病〟ということにしました。

哀しきＡＩ

最近の人工知能（ＡＩ）の進歩には目ざましいものがあります。たしかにＡＩの進化とその活用により我々の暮らしは更に便利に、そして豊かになっていくのでしょうが、その一方で人を欺く道具としてＡＩを利用することもできるようになってしまいました。光が当たるところには必ず影ができます。この先どこまでＡＩが進化していくのか、われわれ凡人には想像できませんが、人とＡＩがうまく折り合いをつけて共存しなければならない世の中がすぐそこまで来ていることは間違いなさそうです。ＡＩをどのように活用していくかによって人間の未来もずいぶん違ったものになっていくことでしょう。ＡＩが人びとの未来を明るく照らす〝無影灯〟となってくれることを願わずにはいられません。

頭文字〝爺〟

日本も高齢化社会、いや成熟社会となり、最近街でシニアカーに乗った人を見かける機会が増えてきました。シニアカーというのはゆっくり走る乗り物であるというのが一般常識でしょうが、もし高速で走行するシニアカーが現れたらどんなことが起こるのだろうかと想像してみました。自分の目に映る現実の映像を正面からだけでなく、横や裏側から眺めてみると意外と面白い世界が見えてくることに気付きました。人は老いていくにしたがって徐々に将来への選択肢が少なくなっていくのは避けられないことですが、やりたくてできる可能性のあることには挑んでいく気持ちを持ち続けることが大切かもしれません。ただ人に迷惑をかけないよう、身の程をわきまえて行動することも忘れてはいけませんね。

呪いや祈りといった心の作用はおそらく他の動物は持っていない人間独特のものでしょう。そしてロケットのような先進技術を有しているのも地球上では今のところ人間だけです。このふたつは精神的なものであるか、物質的なものであるかという大きな違いがあるものの、どちらも人間が創り出したものであるというのが興味深いところです。この小説ではふたつを〝やじろべえ〟の両腕にくっつけて、まん中に母の存在を配して結び付けてみました。そしてどこまでが現実でどこからが夢なのか明記されていません。物語の後半部分が夢なのか、それとも最初から最後までぜんぶ夢なのか、読まれた方が自由に想像していただければいいと思っています。なぜなら、我々にとって人生そのものがある種夢のようなものであるのだから……。

２０２４年６月

蘭　日出夫

蘭 日出夫　略歴

1957年　群馬県碓氷郡松井田町（現 安中市）生まれ
日本獣医生命科学大学獣医学科卒業・獣医師
群馬県安中市で動物病院を開業　現在に至る
趣味として小説を執筆

好きな小説家：三島由紀夫
他の趣味：音楽・映画・美術鑑賞、囲碁、将棋

短編小説集
大人のためのメルヘン

2024年6月30日　初版第1刷発行

著　者　蘭　日出夫

発　行　上毛新聞社営業局出版編集部
〒371-8666 群馬県前橋市古市町1-50-21
TEL　027-254-9966

ISBN978-4-86352-352-4